中华
ZHONGHUA HUN

魂

百部爱国故事丛书

八女投江　气贯长虹

——八位抗联女战士

赵延民　姜　越　编著

吉林人民出版社

图书在版编目（CIP）数据

八女投江　气贯长虹：八位抗联女战士/赵延民，
姜越编著．－－长春：吉林人民出版社，2011.3（2021.8 重印）
（中华魂·百部爱国故事丛书）
ISBN 978-7-206-07524-7

Ⅰ．①八… Ⅱ．①赵… ②姜… Ⅲ．①革命故事－中
国－当代 Ⅳ．① I247.8

中国版本图书馆 CIP 数据核字 (2011) 第 032586 号

八女投江　气贯长虹
——八位抗联女战士
BANÜ TOUJIANG　QIGUANCHANGHONG
——BAWEI KANGLIAN NÜ ZHANSHI

编　　著：赵延民　姜　越
责任编辑：张　娜　　　　　封面设计：孙浩瀚
制　　作：吉林人民出版社图文设计印务中心
吉林人民出版社出版 发行（长春市人民大街7548号 邮政编码：130022）
印　　刷：北京一鑫印务有限责任公司
开　　本：787mm×1092mm　1/16
印　　张：8　　　　　字　　数：64千字
标准书号：ISBN 978-7-206-07524-7
版　　次：2011年3月第1版　印　　次：2021年8月第2次印刷
定　　价：35.00 元

总　序

　　《中华魂》是一套故事丛书。它汇集了我国自鸦片战争以来一百八十余年间的近百位民族英雄、仁人志士、革命领袖、先进模范人物的生动感人事迹，表现了他们作为中华儿女的伟大的爱国主义精神。

　　爱国主义是人们对于"生于斯、长于斯、衣食于斯"的祖国的一种神圣感情，是人们对于自己民族的一种强烈的责任感和使命感，是感召和激励整个中华民族的一面永不褪色的旗帜。在一百多年的中国近现代史上，爱国主义一直激励着中华儿女为祖国的独立、统一、进步和繁荣而英勇奋斗。从"苟利国家生死以，岂因祸福避趋之"的林则徐，到"我自横刀向天笑，去留肝胆两昆仑"的谭嗣同；从"铁肩担道义，妙手著文章"的李大钊，到"青春换得江山壮，碧血染将天地红"的赵一曼；从"县委书记的好榜样"的焦裕禄，到"问鼎长天，扬我国威"的邓稼先……都表现出了强烈的爱国主义精神。正是由于热爱祖国的人们前仆后继地奋斗，国家和民族才得以生存，才能够在一次次历史危急关头转危为安，走向兴盛和富强，从而屹立于世界民族之林。爱国主义是鼓舞中华儿女历经忧患、跨越沧桑、百折不挠、自强不息的伟大力量，它贯穿于中华民族的整个历史，并有力地凝聚着五洲四海的中国人。

爱国主义是一个历史的范畴，在社会发展的不同阶段、不同时期有不同的具体内容。革命时期，需要我们为祖国的独立自主出生入死；建设时期，需要我们为祖国的繁荣富强增砖添瓦。在全国各族人民团结一心，开启全面建设社会主义现代化国家新征程的今天,我们要争做一名新时期的爱国者。新时期的爱国者要有强烈的民族自尊心、自豪感。民族自尊心、自豪感是任何时期、任何爱国者都必须具备的情感。民族自尊心能增强我们自立向上的恒心,民族自豪感能树立我们建设祖国的信心。要树立"祖国高于一切"的崇高信念,为了祖国和人民的利益不惜抛却个人的利益,甚至不惜牺牲个人的生命。我们要树立终身学习的理念,拓宽自己的知识面,广泛吸收新知识、新技术,完善自身的知识结构,更新学习知识的方法与理念,从思想上、知识上充分武装自己,为祖国的繁荣昌盛贡献力量。

　　爱国主义思想的继承和发扬,是关系到民族盛衰、国家兴亡的根本问题。爱国主义思想情操的形成,需要不断地培养。培养爱国主义精神的一个重要途径是向英雄人物和典范事迹学习和致敬。这套丛书的出版,对于青少年向英雄和先进人物学习,特别是对于在中小学生中进行爱国主义教育是不可多得的生动的教材。祝愿此书出版发行成功,为培养时代新人做出贡献。

胡维革

中华魂
百部爱国故事丛书

血染乌斯浑河

牡丹江畔英雄女，

一片赤心照碧波。

辉煌业绩千秋颂，

意志忠贞万年歌。

——李延禄为八女投江题词

目 录

中华**魂**百部爱国故事丛书
ZHONGHUA HUN

　　在黑龙江省林口县境内的乌斯浑河与牡丹江交汇处，耸立着一座4米多高的大理石纪念碑。纪念碑的正面刻着八个遒逋有力的大字"八女英魂，光照千秋"，碑骨刻着：

　　　　八女投江殉难地志铭　东北抗日联军第五军在指导员冷云同志率领下有杨贵珍　安顺福　胡秀芝　郭桂琴　黄桂清　王惠民　李凤善等八位女战士于一九三八年十月在此地与日寇英勇作战投江殉国　为缅怀先烈教育后代特立此碑以志纪念
　　　　　　　　中共林口县委　林口县人民政府
　　　　　　　　一九八二年

　　来往行人看到这座纪念碑，无一不以赞颂的口气谈起八女投江的故事……

"八女投江"群雕

　　牡丹江市在1988年8月1日在牡丹江畔修建了"八女投江"群雕。群雕长18米，宽6.9米，高8.8米，是由中央美院设计，四川美院雕刻而成的。基座上"八女投江"四字是由全国政协原主席邓颖超同志所提。据介绍，"八女"英烈是胡锦涛面向全世界人民介绍的英雄群体中唯一一个女性群体，"八女投江"是牡丹江抗战14年历史中一个突出的亮点，已成为牡丹江市的红色标记。

清贫家出要强女

在一望无际的三江大平原上，星罗棋布地排列着许多村镇，在离中俄边境不远的桦川县，有一个不起眼的小镇——悦来镇。这个镇子非常小，你就是在一张中国的省份地图上，也难找寻到它的位置。

1915年的春天，东北大地一片雪白，天空常常飘舞着雪花。悦来镇西头的郑殿臣的家中，传出了阵阵婴儿的啼哭声。郑家阿妈又生了一个女娃子。郑殿臣给这个女孩取名香芝，她就是本书的主人公之一——抗联女英雄冷云。

因为她是全家最小的女孩，所以很得父母兄嫂的宠爱。香芝生就刚强泼辣的性格，聪敏活泼，什么东西一学就会。女孩子的玩意儿，她样样拿手，男孩子的游戏她也几乎样样都会，经常见到她与男孩子在一起嬉笑打闹，因此人们又说她是假小子。

香芝自幼好学。那时在中国的乡下，女孩子上学的很少，但父母兄嫂为了满足她的要求，在她 10 岁那年，让她进了悦来镇第一完全小学读书，到学校报名时，家里又给她取了个学名：郑致

抗联瞭望哨

民。不管郑家当时给孩子取名的命意如何，此名的蕴意却暗含了冷云后来的人生轨迹——将自己的一生贡献给人民。

致民幼时便要强，没有娇娇之气。一次放学回家，大家见她总是把右手背在后边，嫂嫂便问她："香芝，手怎么啦？""没咋的。"香芝敷衍着说。"把手伸出来让我看看。"嫂嫂边说边去拉她的手。香芝一边往后退一边说："不用看，啥也没有。"嫂嫂更加好奇了，硬是把她的右手拉了过来："啊？手怎么肿成这样？是谁给打的？"在嫂嫂的再三追问下，香芝才吞吞吐吐地说出了因为在课堂上画画被何老师打了

手板的事。"好，我找你们何老师去。"嫂嫂生气地说。"嫂嫂，你别去了，这事怪我自己。"致民的这种刚正而又自律的性格，成为她后来勤奋学习，走上正途的内在原因之一。

　　1931年，郑致民16岁，考入了桦川县女子师范学校。算上因日寇入侵停学近一年的时间，她在校学习近5年时间。直到1932年4月，她在董仙桥、徐子良两位进步教师的教导下，懂得了许多革命道理。她和一些进步学生经常找到两位老师，聚精会神地听他们讲道理，谈形势。老师给他们讲了日本的大陆政策和海洋政策的侵略性质及其对中国的威胁；讲中国的积贫积弱，军阀混战和民不聊生；讲日本军阀在东北操

纵胡匪作乱，从中取利，吉林省事实上已经亡于日本之手，东三省岌岌可危等严峻的形势。两位老师的教育极大地激发了这些热血青年的爱国激情，他们决心以朝鲜爱国志士安重根为榜样，以自己的一腔热血，一颗赤心，挽救多灾多难的祖国。

1932年4月到1933年初，因日本占领，时事不清，学校停课。此后，日本占领当局下令学校复课，以日语为主课，对学生进行奴化教育。这时郑致民的民族自立思想已经养成，遂又改名为郑志民，俨然以民族志士自许。在日本的强压下，郑志民在进步老师董仙桥等人的带领下，秘密地开展了各种形式的爱国主义宣传教育活动，郑志民等人在学生中的威信日益提高。

1933年秋季，桦川县男女两个师范学校与桦川县

中学合并，由于各方面表现都十分突出，郑志民、高明世和范淑杰三人被学校师生并称为师范三杰。1934年初，她们都加入了中国共产党，隶属于中共佳木斯西门外党支部。师范三杰组成了第一个女生党小组。

郑志民以多才多艺著名，笛、箫、风琴、口琴等乐器一学就会。到奉天（沈阳）实习时，看到街道上有唱凤阳花鼓的流浪艺人，回来便敲击碗碟结合东北的局势也唱起了花鼓："说奉阳（暗指沈阳和东北），道奉阳，奉阳本是好地方，自从出了土皇帝（暗指伪满洲国傀儡政府），十年倒有九年荒，大户人家卖田地，小户人家卖儿郎，奴家没有儿郎卖，身背花鼓走他乡……"

古典诗词曲牌也是郑志民常涉足的领域。1936年1月以后，她在悦来镇初小任教，就曾仿元曲格调写了一首歌舞词，让学生们边舞边唱，其词云：

燕双飞，画槛人静晚风吹；

只记得，去年巷风景依稀；

绿扶庭院，细雨润花花枝翠。

雕梁沉，冷簪入梦燕未归；

且衔得，草青泥重筑新巢；

捧垂危姿，其香隐约引人醉。

楼台静，烟云缭绕燕双飞；

流光速，青春即逝何时回？

风雨逐阳，杜宇声声催人泪！

燕双飞，燕双飞，风暴雨狂难阳归。

这首词的前两阙，怀燕为喻，极道生活条件的美好，建设新生活条件的辛苦，以及对创造更加美好的生活条件的憧憬。"捧垂危姿，其香隐约引人醉"者，即可引申为美好的生活，也可引申为人物的美好。而其点睛之笔体现在最后一阙。其一，且不可让安静的生活消磨了少年的凌云壮志，因为青春年华是一去不复返的。其二，安静的生活也并不安

抗联活动地点——长白山伐木场

被东北抗日联军炸毁的日军火车车厢

静，难免有风暴雨狂，逐走丽日骄阳，欢声笑语中也难免含有悲声阵阵。其三，因此，要振作，要斗争，要敢于战风斗雨，即使是暴风骤雨也不能阻挡我归心祖国，归心家乡的钢铁意志！

以上是本词词面的话，而就词人自身的志向和素为来看，其意又不是这些词面上的东西所能包容的。从整首词的结构看，既有细雨和风、绿扶庭院、花枝滴翠的美好，又有风暴雨狂的险恶和杜宇声声的悲鸣。其美好乃我家国的本貌，而其险恶和悲哀，显然只能来自民族敌人的侵扰，显然是在指斥日本帝国主义及其走狗。而敌人虽然险恶，虽然可以制造许许多多人间的悲哀，但他绝对摧残不了、阻挡不了像郑志民这样的爱国志士复兴祖国的钢铁意志和伟大宏愿。这才是这首词的真实意境。

郑志民从入党之日起，就已经决心要把自己的一切交给党和人民。因此，她在处理事情时，都把党的工作放在首位。为了党的事业，她不惜牺牲个人的幸福，不怕任何委屈和误解。

郑志民在处理个人婚姻问题方面的态度，最恰当不过地说明了她时刻准备为了党的事业牺牲个人一切的决心和意志。在她读小学时，家里为她与孙汉琪订了婚，两人素未谋面，更谈不到有任何感情。像郑志

东北抗日联军转战在白山黑水之间。图为抗联第一路军警卫部队之一部。

民这样多才多艺的知识女性，按常理应当通过自由恋爱找一个如意的郎君，这是许多像她这样的女性用全身心甚至生命来争取的一个崇高目标。郑志民当然也不例外。更令她不能容忍的是孙汉琪小学毕业后就当了伪警察，所以从内心说，她绝对不想与孙汉琪这样的人结婚。有一次，她带着这样的心情，闷闷不乐地来到董老师的家，跟老师说："董老师，我不想跟孙汉琪结婚，您没听大伙都说，'警察的脖子安不牢，日本话不用学，再过两年用不着'嘛。"董老师知道她跟别人也说过这句顺口溜，就委婉地对她说："志民，你现在已是党的人了，一切都要以党为重，像这样的顺口溜，老百姓说说可以，我们不能随便说，因为这样容易暴露我们的政治面目。你要以一个党的地下工作者的标准来要求自己。关于你与孙汉琪的婚姻问题，等

组织研究决定后再告诉你。"

　　过了一段时间后，董老师告诉她："经组织研究决定，希望你跟孙汉琪结婚。这样做有以下好处，一是不容易暴露我们的政治面目，有利于保守党的机密。二是如果条件允许还可能通过你把孙汉琪争取过来当我们的内线，这可以为党做出更大的贡献。"志民听到董老师的话，没讲任何条件，而是愉快地服从了组织的决定。

　　1936年1月，就在她刚刚登上小学讲坛的时候，根据党组织的决定与伪警察孙汉琪结了婚。经过一段时期的共同生活，她发现，孙汉琪并不是可以争取的人。孙对她的政治面目好像也有所觉察，时常威胁她说："告诉你，别拿鸡蛋往石头上碰。"对她的言行举

止也多方查访，有时甚至翻看她的东西。警察又几次到学校检查郑志民的书箱子，这些可能都与孙汉琪有关。

在这种情况下，她一再申请上抗联部队直接参加与日寇面对面的斗争。参加抗日部队是她久蓄于心的夙愿。早在1934年初，在她还没有入党时，就已经产生了参加李杜抗日军的想法，只是因为投效无门而没有成行。1936年3月，她听说姑表哥白长岭已在汤原参加了抗联第三军，又一次萌生了参加抗日联军的心愿，此次又因为没有得到党组织的批准而未成。而现在是第三次向组织提出这个要求。

电视连续剧《东北抗联》剧照，图为冷云等八位女战士准备与敌人决一死战。

恰巧这时正逢抗联二路军总司令周保中将军来信，要求地方党组织派一些知识分子干部充实抗联队伍，经组织研究，决定批准郑志民的请求。但是这需要用郑志民的名节做代价才能促成此事。要造成她与另一男青年吉乃臣私奔的假象来欺骗敌人，同时也不能告诉志民所有的亲人和

周保中像

朋友。直到60年代，有关部门找到冷云的家里人了解冷云的事迹时，亲人们仍是闪烁其词，不肯说出她是怎么走的。因为家里人一直以为她与一个男人不光彩地私奔了。

吉乃臣是党组织通过郑志民争取过来的一个进步青年教师。他本是伪保长的儿子，但本人却很正派，很有民族正义感，痛恨日本侵略者及汉奸。为了争取他，郑志民经常以各种缘由找他一起玩。这时孙汉琪已经升了警尉，调到富锦。郑志民住在娘家，关于她与吉乃臣的关系，当时可能说已经有风言风语，但这些正好为党的工作起了掩护作用。1937年春夏之交，

周 保 中

周保中1902年2月7日出生于云南省大理县湾桥村的一个贫寒的白族家庭。年仅15岁的他毅然投身于孙中山领导的护法运动。

1922年考入云南陆军讲武学校第十七期工兵科军管班学习，1924年毕业。

1926年参加国民革命第六军，任第十八师第五十六团上尉参谋，在北伐战争中，骁勇善战，屡立战功。

1927年7月，在大革命失败，无数共产党人惨遭杀害的腥风血雨中，他毅然加入了中国共产党，以少将副师长的显赫官职为掩护，从事党的秘密工作。

1928年12月受中共中央派遣前往苏联，到莫斯科中国劳动者共产主义大学预备学习。

1931年8月毕业于国际列宁学院。

"九一八"事变后于1932年初，周保中受中共中央周恩来同志的指派抵达哈尔滨，任中共满

洲省委军委书纪。组建和领导绥宁反日同盟军，历任东北抗日联军的五军军长、第二路军总指挥。

抗战胜利后，历任东北民主联军副司令员、吉林省军区司令员、东北军区副司令员，1949年出席开国大典。1950年调任云南省军政委员会副主任、云南省人民政府副主席、昆明市军管会副主任。1952年任西南军政委员会政法委员会主任兼民政部部长。

1964年2月22日因病逝世。

1940年冬，为保存力量坚持抗日，抗联分批进入苏联境内整训，并于1942年更名为野营教导旅。图为旅长周保中（前排左四）、副旅长李兆麟（前排左二）等于1943年在哈巴罗夫斯克的合影。

党组织决定郑志民和吉乃臣到抗联二路军。这时正好吉乃臣要去奉天，于是，根据组织研究的方案，郑志民有意在大庭广众之中主动热情地接近吉乃臣，给人造成两人关系非同寻常的印象。接着，郑志民又到教育局办理了调富锦工作，投靠丈夫孙汉琪的手续。郑志民在富锦只住几天，就借口回娘家取棉衣又回到了悦来镇。过了几天，郑志民第二次张罗到富锦，实际是转道与吉乃臣一道到抗联二路军去。这个秘密只有学校党支部书记马成林、郑志民的好友董杰等几个人知道。

郑、吉二人顺利出走后，董杰、李淑范、李淑玉等几个党员有意散布郑、吉二人关系"暧昧"的流

言。但敌人仍不放心。一天下午，小学校长慌慌张张地把董杰找到校长办公室里，指着一个梳着大背头，坐在校长椅子上的人说："这位是三江日报社的编辑何先生，想找你……"校长的话还没有说完，这位编辑便拉着长声说："对不起，董先生，我来访问有关郑志民的问题。听说你们是同学，关系还很密切呀……""不错。"董杰回答说。"那么，你一定知道她到哪里去了？""两周前她不是调到她丈夫那了吗？"董杰反问道。编辑立刻板起面孔，咬着牙说："她根本没去富锦！""那她上哪儿啦？"编辑啪地拍了一下桌子吼道："我在问你，你怎么反问起我来了？"校长的脸被吓白了。为了打破僵局，校长急忙点烟献茶，赔着小心说："何先生，请吸烟……"这一次采访，这位编辑先生只好无功而返。

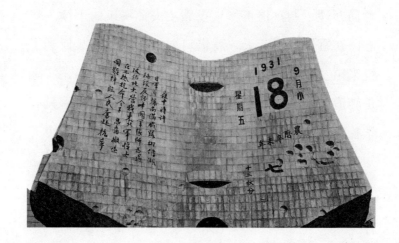

特务编辑走后，董杰立刻向支部做了汇报。书记马成林决定：一是继续造郑、吉二人私奔的舆论；二是特务再来时，把二人私奔的"秘密"捅给他。

过了三四天，特务编辑果然第二次造访了。校长忙着上前应付。这次，特务编辑拿着采访本，向董杰威胁说："这一次，你要明白地讲出来，不然……"他斜视一眼继续说："以后要用另外的形式找你谈——了！"他一边拉着长音，一边用手指着记者证上"凭此证可逮捕政治嫌疑犯"的条款。僵持了一会儿后，董杰好像终于下定了决心："何先生既然非要弄个水落石出，我也就不能再顾及老朋友的情面，把我知道的情况和盘托出了……""请讲吧。"姓何的特务得意起来。于是，

董杰便把事先编造好的关于郑、吉二人暧昧关系的细节活灵活现地讲了一遍，说得姓何的不断点头。说完后，董杰又再三叮嘱姓何的："希望何先生不要把我讲的这些报道出去，我还要……"姓何的打断了董杰的话头："这些不用你操心了。"这一次，特务编辑满意而归。不久，《三江日报》连续三天刊登了题为《悦来镇女教师×××桃色一案》的报道。敌人被引进迷魂阵里了。

以后，马成林借到沈阳看病的机会，回来又造了郑、吉二人确实在奉天的新闻，说得大家不得不信。后来，孙汉琪又回悦来镇闹着到郑家要人，当然也是无功而返。郑志民、吉乃臣到抗联部队后，后来结婚成了终身伴侣，此是后话。

我们不应忘记，郑志民是在东北抗日战争进入到最艰苦的阶段投身抗日联军的。当时日本制造了卢沟桥事变。为了支持发动全面侵华战争，灭亡中国，日本急需在中国开辟一块稳固的后方基地，已经成为伪满洲国的东北就是日本建立后方基地的理想目标。于是，日本便从殖民地朝鲜大量向东北增兵。在北满、三江地区成为日寇反复扫荡的重点地区。日寇在这一地区从两个方面实施了总体战略：一方面，采用"烧

光、杀光、抢光"的三光政策大肆破坏我游击根据地，制造无人区。同时又采用归大屯、保甲连坐等办法将抗日民众严密地控制起来，隔断抗日武装与民众的联系。另一方面，集中兵力对我抗日武装实施"铁壁合围""篦梳式扫荡"等战术，企图将抗日武装全部歼灭。这时客观上还有一个不利形势，即抗日的武装力量在逐渐地削弱。"九一八"事变初起的几年，除了共产党领导的抗日武装外，各种各样的胡匪、响马、地主团体、会党武队、山林队、民国的警察和散兵游勇

等也一齐起来反抗日本的侵略。由于环境的艰苦，斗争的残酷，以及这些队伍的政治素质本来就很差，到1937年时，这些武装大半被敌人打散了，一部分被敌人争取过去成了敌人的帮凶。没有被敌人争取过去的也时刻都有背叛的可能。这样，直接由共产党领导指挥的抗日武装就显得势单力孤了。所以，等待郑志民、吉乃臣等这些年轻的爱国志士的，将是一场决死的苦战。

郑志民到抗日联军工作后化名冷云，取唐诗"冷云虚水石"的典故。就是说，她要以抗日的中流砥柱的形象出现在对敌斗争的前线。而单解"冷"字，恐怕又有冷酷对敌、冷静面世、冷静处事之义。

从此，冷云就成了东北抗日联军的一名坚强战士。

『八女投江』绘画版

抗日军中逞夙愿

1937年8月，根据党的指示，冷云来到了东北抗日联军第二路军，她先在五军军部工作，后来担任了五军妇女团的指导员。

1938年秋，为了打破日军的"围歼"计划，开辟新的游击根据地，也为了打通与关内根据地的交通联络线，东北抗日联军第二路军总指挥部决定集中主力第四、第五两个军举行西征。西征开始前，为了行动方便，将四、五两军的几十名同志编成五军妇女团，冷云被任命为妇女团的指导员。这些英勇的抗日女战士，年龄最大的只有30岁，年龄最小的只有13岁。后来在乌斯浑河与冷云同时牺牲的七位女战士是杨贵珍、胡秀芝、安顺福、郭桂琴、黄桂清、李凤善、王惠民。七人当中，按年龄算，年纪最大的是朝鲜族女战士安顺福。她与冷云同岁，在军中被称为安大姐。参军前家居穆棱县（今穆棱市）新安屯，系以种水稻为生的朝鲜之家。"九一八"事变后她随父兄从事抗日活动，1933年加入共青团，同年入党。1934年参加东北抗联第四军，丈夫朴德山是四军四团政委，1935年在一次战斗中牺牲。由于叛徒告密，安福玉的父亲与弟弟也于同年被日本宪兵逮捕，在狱中受尽折磨，坚贞不屈，英勇就义。她原在四军任被服厂厂长，西征前夕，被编入妇女团。

胡秀芝，与安顺福年龄相仿，班长，是个久经考验的老战士，党员，家居林口县马蹄沟一带。在军中，胡秀芝以英勇善战而著称，她枪法准，每次战斗都冲锋在前，弹无虚发，给敌人以严重杀伤。

李凤善，年龄稍小于胡秀芝，家居林口，是个朝鲜族战士。

黄桂清，二十岁左右，家居林口刁翎的南围子河西，其家为抗联堡垒户，全家都参加了抗日斗争。

杨贵珍，她是除冷云外，史料保存最多的一个人。

家居林口县柳树河子屯，幼年丧母，17岁出嫁，同年丈夫病死，成了寡妇。这年冬，她在抗联女战士徐云卿等人的教育启发下，参加了抗联五军。徐立卿在革命回忆录《英雄的姐妹》中用大量的篇幅描写了与战友杨贵珍的战斗生活……

　　我们部队经过了几天的行军，顺着滚滚的牡丹江，来到一个柳树成荫的村庄——日小江沿的柳树河子。

　　当晚，我和妇女团的王玉环队长住到一个姓王的家里。这家的大哥、大嫂、大爷、大娘跟我们有说有笑。正在挺高兴唠扯着，忽然从里屋门探出一个人脸，两个大眼睛好奇地看着我们。我一看她，她马上缩回头去。我问大娘这是谁？她说是二儿媳妇。我看这家里没有她二儿子，问她，二儿子去哪儿去了。大嫂看我硬要问出底来，便告诉我："二兄弟媳妇是守寡在家

的。"我和王队长听了，都挺同情那个年轻守寡的女人。便跟大娘说，让她出来见见。我们跟她见了礼，看她缩手缩脚地站在那儿，头也不敢抬，眼睛盯着地，看得最清的是她油黑的头发盘着个小疙瘩髻，上面插一朵白花。我想："这朵花把她折磨成这个样子，难道人还不如这朵花？"

晚上睡觉的时候，我跟王玉环队长说，把她带到队伍里来。王队长说这是好办法。可是我说让她明天就上咱妇女团，王队长却摇头说，"不行。"我不明白王队长是什么意思，就赌气说："行又不行，你打算咋的？"她贴着我耳朵说："当前咱们是团结一切力量打

鬼子，不能把她硬带走，得罪了她的婆家。"接着，王队长让我多帮助这个人，她负责劝说王家让这个人参军。我想这也对，咱抗联做事就是光明磊落，偷着把她领走算啥事呢？以后的几天我找空就跟她唠，我还领她到江边去唠。

八月的傍晚，牡丹江上吹来冷飕飕的风，我和她在江边来回走着。

我问她："你这点年纪就死了丈夫，打算怎么办呢？"她看了看我，苦笑说："我？能由着我吗？我想守着，可是他们正核计着要把我卖了。"

我使劲地捏着她的手，对她说："别怕，你跟我们走，上咱抗联妇女团吧。"

—八位抗联女战士

八女投江 气贯长虹

　　她猛地抽出自己的手，惊讶地说一声："我？"随后，她就用大眼睛盯住我，好像问我是不是说错了。

　　我拉回她的手，对她说："是呀，是你！"她看了看自己那身破旧的衣裳，摇了摇头，又苦笑着对我说："像我这样的还能上抗联？"

　　我对她说："能，能，一定能！我们抗联妇女团，全是穷人和在家受气的女人。"接着，我跟她讲了妇女团是干什么的，和妇女团内部的一些情况。

　　待了一会儿，她忽然把脸转向我，眼里闪出一丝光："真的？"我连连回答："真的，真的！"我问她："你娘家都有什么人？"她说："有爸爸、妈妈、弟弟……"不知为什么，她忽然停下不说了，看她这样子，我

没有再问下去。待了一会儿，她突然问我："你们能要我，他们也不能让我去。"说完，她捂着脸哭了起来。我知道，她说的"他们"是指她婆家。我告诉她，我们一定会帮助她。我还告诉她，我们不是叫她偷着跑，是要说服她婆家，还要叫乡亲们鼓掌送她走。

她听了我的话，对我说："可我是用四五担苞米卖给人家的，妈把苞米都吃了。"我说："那有什么，五担苞米就能挡住我们去抗日？你别怕，我们说领你走，就一定领你走。"她看了看我，用袖头擦了擦眼睛。

晚上，我和她睡在一铺炕上，她整夜都在翻身，一点儿也没睡，她怎么能睡着呢？她本来对自己以后的生活没啥指望了，突然，自由的希望在她跟前闪光！

待了不久，我们要离开这去三道通。军部指示这次不把她带走。由于她的家庭问题还需要由地方政府解决。

临走那天早晨，我正要去找她，她忽然跑到我跟前对我说："姐姐，带我走吧！"她乞求着。

看到她这样，我的心里很难过。我一时没有勇气把军部的指示告诉她了。我们这样子待了一阵，对她说："好好等着，我们很快就会回来接你。"当时，她

1940年活跃在绥芬河区的抗日联军一部

的脸又变得非常阴沉，用牙咬着嘴唇，含着眼泪看着我，像有许多话要对我说，可她的嘴唇颤抖了几下，什么也没有说出。我们要出发了，我叫她回去。她的腿像被什么绊住似的，慢慢地往后退着，眼睛直盯着我们。

离开柳树河子不久，我又有几次随着军部来到这个村庄。在这里，我们帮助老乡收割、打场，跟他们谈心。晚上常常开军民大会，唱歌、跳舞、讲话，向老乡们进行抗日救国的宣传。每到一次，我都恨不能一下子看见她。见了她，我们就亲热地唠起来了，没完没了的。每次离别时，我总觉得有许多话还没跟她说完。她也跟我一样，唠起来就没个完。

八女投江　气贯长虹

——八位抗联女战士

日军在"围剿"抗联时，发现抗联战士写在树上的"推翻伪满洲国"的标语。

她告诉我，她以前总觉得她的苦是没头的，她总想死。她还告诉我，她的公婆怎样打骂她，她多想快一点跟我们走……我们成了很好的姐妹，一离开几天，我就非常想她。可是，尽管我们这样好，我每次问到她的娘家，她都是吞吞吐吐地不肯说。而且，一提这，她就好像挺难受。这就引起了我的怀疑。后来，我从别的乡亲那儿知道，她娘家姓杨，在江那沿。有一次我到江那沿去办点事，顺便到她娘家看看。这时，我才明白了她不说的原因。我也因为她娘家的不幸而更同情、更喜欢她了。可既然她不愿让人知道，我也就没提起这件事。

十一月，牡丹江已经结了冰，我们又来到了柳树河子村，并准备这次把她带走。

晚上，村中的大场院上火光熊熊，支援抗日的军民大会就在这儿举行。我们军部罗主任讲了话，老乡代表也讲了话。一会儿，报名参军抗日就开始了，母

③

战斗在南满铁路上的东北抗联战士

亲领儿子，妻子拥着丈夫，一个接着一个挤过来报名参军。会场上响起一阵接一阵的热烈掌声。

　　我焦急地看着她，看到她急得脸都涨红了。她猛地站起来说："我也要抗日，我没有丈夫，家里没有什么放不下的……"我使劲地鼓掌，也没听清她以后又说了些什么。

第二天，她脱下了破旧的衣服，穿上了新军装。她乐得摸摸这，看看那。当她戴军帽时，发现脑后还有个疙瘩髻。她大声地叫了起来："啊呀，快给我剪掉吧，我可不要它了。"她喊着就用手抓开那梳得很规整的疙瘩髻。这时，妇女团的崔顺善同志从背篓里掏出剪刀一下子给她剪掉了。

队伍集合要离开村子时，许多老人、年轻人、孩子都围上来。人们看着她，说她变样了，嘱咐她好好地干，不能常回来也要常捎信来。队伍都走了，大家还拉着她的衣襟不放，她含着热泪跟乡亲们告别后，随着队伍一齐向前走了。

她刚到部队时，和我们许多农村来的妇女一样，没有名字。"贵珍"这个名字是来部队后，大家给她起

八女投江 气贯长虹
——八位抗联女战士

的，就是很宝贵的意思。贵珍到部队后，对自己要求很严，处处都学着老战士的样子，她规整地打腿绑，扎皮带，戴军帽。可有几件事，她总不习惯。开饭时，只要一有男同志在场，她就红着脸不敢动筷子。那时，我们妇女团和青年义勇军都住在五军的后方三道通，我们经常学唱歌、跳舞，欢迎从外地活动归来的战友，也用这种方式欢送就要奔赴战场的同志们。到学歌时，人一多，贵珍就躲到一旁偷听。等剩下我们几个女同志时，她也跟着哼，到给同志们表演时，她又红着脸不开口了。

有一次，青年义勇军的陈小队长带着我们妇女团的几个战士进行军事训练。我们排成队，陈小队长在一旁大声地喊："立正，向右转。"我们听着口令一齐转到右边，只有贵珍转到左边。

"哎呀，你是怎么啦？右边，右边就是吃饭拿筷子那只手的那边。"陈小队长严厉地给她矫正，她满脸通红。

当天的训练结束后，陈小队长走到贵珍跟前很温和地说："杨贵珍同志，你回去好好跟那些老同志学一学吧。"

她点点头就跑回去了，到了屋坐那捂住脸哭起来。

战斗中的抗联战士（油画）

同志们过来劝她，对她说这是初来部队所免不了的。她没说什么，只是用拳头狠狠地砸了砸脑袋。一会儿，她自己出去啦。到了吃晚饭时，她还没回来，我们大家分头去找。

　　我跑遍了全村，最后跑到南山坡上。仔细一看，她正练习向左转、向右转、立正、卧倒。做得那么认真，一次比一次做得好。我看了一阵，才招呼她回去吃饭。路上，我夸她，她说："我照同志们差不少，越落下越赶不上。"

　　以后，我们有空时常集体去找个副官来帮助我们补习，训练。我们到南山坡上学打靶，到大场院上操练。很快，贵珍就学会了军事术语，也学会了各种军

徐 云 卿

1917 年 11 月出生于辽宁省。

1936 年 5 月加入东北抗联第五军妇女团一大队，后任班长；次年入党。

1939 年秋被派往苏联学习野战特训医务。

1940 年初回国，被派往抗联第二路军二支队战地医务工作，救治、转移伤病员。

1941 年初去苏联受训，后任八十八教导旅野战医院护士长；在苏联长达几年的时间里进行多种军事野外生存、战斗等特工训练——滑雪、武装囚渡、报务、战地救护、跳伞，成为我国名副其实的第一代女跳伞员。

1945 年 9 月随周保中回国，配合苏联红军攻打日军进驻长春，为我党我军收缴日伪医疗设

041

备、器械。

1946年春任吉辽军区司令部战地卫生所外科医生。

1948年为加强地方政府党的领导，转入地方，曾任珲春县妇联主任、沈阳市军需三厂、橡胶八厂、被服厂、沈阳搪瓷厂、沈阳铁西区工会等领导工作。

1957年5月调任吉林省长春制药厂总支书记。

1965年1月调任水电部北京电力科学研究院工会主席。

1981年12月离休于原水电部武汉高压研究所。

1984年3月25日逝世，享年67岁。

徐云卿是一位老红军，老党员。早年参加革命，在抗联最为艰苦的年代，和战友们爬冰卧雪、转战于白山黑水之间，经历无数次战斗，《八女投江》中的八位女英烈是她身边非常亲近的战友。早在五十年代，她就一直在电台、机关、学校、群众中回忆、宣讲英雄们的战斗生活，1960年著回忆录《英雄的姐妹》。

徐云卿是我在东北
抗日联军时的战友。是
一位优秀的医务工作
者。她以朴素的语言
记述了许多女战友
们的战斗生活。感人
肺腑。

彭施鲁
二〇〇三年五月

八女投江 气贯长虹
——八位抗联女战士

事动作和用枪。

　　妇女团常常给战士缝补鞋袜、衣服，这些都是贵珍的拿手活。她低着头不吱声，干得又快又好。战士们都夸她，我们也表扬她能干。但一拿起笔学文化，她就手哆嗦、脸冒汗，半天也写不出一个字来。但她没示弱，一有工夫就学。开会前她坐在地上写，做饭时也拿着柴火在地上写。有一次，我们妇女团在刁翎一带活动，住在一个大户家里。在这家里也碰到了一个受气的青年寡妇。我们劝她参加抗联，到妇女团来，她怎么也不肯，她一口咬定说："女人就是受气的命，熬到死就算了结。"杨贵珍起初在一边听着，想着，有时眼泪在眼圈转悠，她看我们半天也没劝好，就过来

抗联八名女战士就是从这里挽
臂涉入了冰冷的乌斯浑河中

说："大嫂子，啥叫命？还不是自己害自己。你看我，参军前也是个寡妇，挨打受气，那时候我也想，这是命中注定的。可自从抗联来了，这些姐姐劝我参了军，我这苦命就没有了。大嫂，我很小的时候妈就死了，后来，爸娶个后妈也挺好，疼我，爱我。可鬼子进东北后，爸爸的眼病闹得挺重，因为没钱治就瞎了。那会儿我们的日子没法过了，妈先是亲戚邻居家借着过，可那种年月自己还吃不饱谁有钱借给我们呢？妈急得只好抱着我们哭，后来实在没办法，妈就含着眼泪接了五担苞米把我嫁给了老王家。五担苞米能吃上几天？没粮了，妈不能看着爸爸和弟弟饿死，妈就又招来一个丈夫，过着'招夫养子'的日子。大家骂妈不要脸。我知道，这不怪妈，可总觉得不敢抬头，谁也

八女投江　气贯长虹

——八位抗联女战士

不敢告诉，就连这位同志帮助我逃出婆家时，几次问我，我也没告诉她，我害怕告诉她军队不要我。我走时，去看妈妈。妈说，抗联都是好人，你去逃个活命吧，省得人家把你卖了。到了部队上，大伙不但没看不起我，还对我像亲姐妹。开始我还有点想家，想妈妈，不知她们怎样活。现在我知道，我出来打鬼子正

是为了她们，等打跑鬼子，我们就会过好生活了，女人也不再被人踩在脚底下，都会像现在妇女团战士这样子，和男同志平等。"她用自己的经历把这个年轻寡妇说服了。后来，这个人也成了我们的战士。我为贵珍毫无顾虑地讲出自己的身世，并用给同样受苦的姐妹指出道路感到高兴。不过，使我更高兴的是她已把争取自身解放的希望和争取民族独立、争取祖国解放的事业紧紧连在一起了。她真变了，不是当年的受气寡妇了。

1936年末，妇女团跟着大部队，参加了大盘道阻击战。在这里我们把鬼子所带的枪支、大米、白面、子弹全部缴获了。战斗开始前，妇女团和青年义勇军

的小同志按照军部的指示蹲在山坡上，截击从这里逃窜的鬼子。军部命令，没有鬼子过来，谁也不准乱动乱跑。

村子里打响了。贵珍第一次参加战斗，一次又一次地爬起来看。队长一次又一次嘱咐她，别乱跑，免得出危险。可一会儿，我发现她没有了，正到处找时，军部下令："上去清理战场，收拾敌人的物资。"这时，我才听见村子里的枪声已小了，到处是"缴枪不杀"的喊声。

我随着同志们跑进村子。就在烟土弥漫和人们的嘈杂声里听见了贵珍的声音："拉呀，使劲。"我顺着声音跑去，看见她正和青年义勇军的两个小同志在从

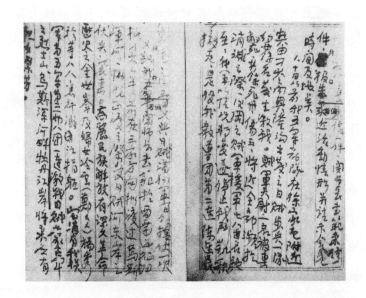

东北抗日联军第二路军总指挥周保中关于"八女投江"的记载

一个狗窝里往外拉一个鬼子。她一见了我，就大声喊："姐姐快来。"我上去跟他们一起往外拉，结果从里面拖出一个像猪一样胖的鬼子。这鬼子被我们拉出来，吓得全身发抖骨头都软了，口里还不住地念："饶命，饶命，我不是太君。"贵珍不听他那套，狠狠地踢他，打他，说鬼子都是狼，杀了我们多少人。我把她拉开了。我们又一齐从猪圈里、粪坑里、雪堆里，拉出了十多个鬼子。这些鬼子，有的已被我们打的缺胳膊少腿了。贵珍见一个打一个，我跟她说："鬼子既然投降了，就别打啦。"她说："他们害了咱们多少人，打他一顿也解不了我的恨！"

八女投江 气贯长虹

——八位抗联女战士

晚上，我们部队就在大盘道附近的一个山坡上宿营。那天风刮得很厉害，雪花飘起像纱布似的一层一层披在我们身上。我们冒着风雪，漫山遍野地找了些压在雪底下的干柴，笼起火。一堆堆的火，把山沟照得通明，树枝在火中噼噼啪啪地响。

贵珍打开背包躺在火堆旁，对我说："姐姐，打得多好啊！"我高兴地对她笑着说："这是开市大吉，保你以后都顺利。"说完，我想起今天战场上的事，就问她："贵珍，今天战场上打响后，你跑到哪儿去了？"她贴着我的耳朵说："我和两个青年义勇军的小同志上头道火线上去了。"我责备地问她："你怎么不听指挥乱跑，不怕鬼子打着吗？"她说："我当时就想抓鬼子，什么都忘了。"我喜欢她的勇敢，但我仍嘱咐她以后战斗时一定要听指挥。

《东北抗日联军统一军队建制宣言》

1936年2月10日，直接领导东北党组织工作的中共驻共产国际代表团决定，为适应反日统一战线的需要，统一全东北抗日军队的名称。2月20日，以杨靖宇、王德泰、赵尚志、周保中等和汤原游击队、海伦游击队的名义发表了《东北抗日联军统一军队建制宣言》，说明根据全国抗日运动的发展，有进一步巩固抗日军队、统一抗日行动、改革抗日军队建制的必要。于是，东北各抗日武装力量陆续改编为抗日联军的各军。从1936年初到1937年秋，东北抗日联军已建立11个军，共3万余人，开辟了东南满、吉东、北满三大游击区，在南起长白山，北抵小兴安岭、东起乌苏里江，西至辽河东岸的广大地区内，开展游击战争，同日、伪军进行大小几千次战斗，粉碎了敌人的多次"讨伐"。

——八位抗联女战士

八女投江 气贯长虹

　　我靠着她躺下了，这时我摸到她胸前硬邦邦的，像是什么冻结在衣服上。我马上坐起来，以为她负伤了，立时就把她拉到火光前一看，她前胸全是血。我着急地说："贵珍，快解开，我看你哪伤了？"我这一说，火堆旁的同志全起来了。

　　她着急地往后躲，一边躲一边说："没事，没事。"但同志们还是把她的衣服解开了。看看真的没有伤，就是衣服的外面有血。

　　等大伙又躺下，她坐在火堆旁抓起雪来一把一把地往下搓，搓了好半天，我叫她睡她也不肯。后来，我也坐起来，看她搓得那么认真，就问她："贵珍，你是不是怕血？"

她抬头看了看我说："怕？哼，这也不是从前，我才不怕呢！这是鬼子的血，我是嫌埋汰，怕它脏了我的军服。"

　　"从前怎样？"

　　这时，她继续一边搓一边对我说："从前呀，从前我最怕血了。有一次，对面屋里的小孩子把手砸了，我找了一些布给他包。可一看见他手上的血，没等包，我的手就哆嗦了，后来我强闭着眼睛才给他包上了。"

　　"那你现在咋不怕了呢？"

东北抗日军民破坏了铁路，打击日军

"现在呀，这是鬼子的血，他叫我们流的血太多了，他该用血来还我们。"

风刮得更猛了，她那掉在军帽前的头发被风吹得飘来飘去，脸也被风吹得红扑扑的。这时，我觉得她是那样美丽。

1937年的大多数时间，我们都是在密营中度过的。这里是我们的后方。在这里，我们除了给战友们做军装外，还参加了党训班和文化学习。这时，贵珍跟陈玉华学会了用缝纫机，她整天手脚忙个不停，一会儿上机器干活，一会儿又忙着去锁扣眼，一有工夫就抱着个小本子学文化。活忙时，队长常调她去做饭。她不管干什么，总是高高兴兴的。做饭时，常常冒着风吹雨打去采蘑菇、野菜，光着脚丫子下河去摸鱼，摸蛤蟆，每顿饭都让大家吃得挺香。她常说："吃好了，干起活来也有劲。"做完饭，她就偷偷地把同志们脱下来的衣服拿到河边去洗，还常到医院去帮着拆被褥，给伤员剪发，唱歌。同志们都很喜欢她，说她是个好姐妹、好战友。

党训班的学习是从原始社会一直学到太平天国、十月革命和共产主义。贵珍总像个干渴的孩子在等着喝水一样听着这一切，慢慢地，她的工作干得更好了。1937年夏天，我们党小组讨论了贵珍的入党问题，但很快，她就同陈玉华一起跟着周指挥上八军去工作了。等秋天见面时，她一下子抱住了我，高兴地说："姐姐，我入党了。这简直太好、太有意义了。我要为党、为祖国、为人民更好好地干下去，干一辈子！"她说

八女投江　气贯长虹
——八位抗联女战士

着，兴奋地掉下眼泪。我紧紧地抱着她，贴着她的脸，祝贺她入党，祝贺她获得新的生命。

1937 年秋天，我们妇女团跟着军部在黑瞎子窖沟打了个胜仗之后，军部调我、王队长、陈小队长去接受新的任务。我虽然高兴去，但和这些一起战斗、一起生活过很久的姐妹们离别，却使我非常难过。

姐妹们走过来，大家不知有多少话要说，可谁也说不出，只是相互看着。

贵珍含着泪把结婚时爱人送她的红毛衣给我，我不应该要，但看她那样真诚，我又不能不要。

晚上，像过去的许多夜晚一样，我俩枕着一个背篓躺下了。可今晚谁也睡不着，她难过地问我："我们什么时候再见面？""贵珍，别难过。也许很快又会见面，也许很慢。只要我们能好好给党工作，不在一起也一样。"

“姐姐，我真感谢你，是你把我从火坑中救出来的。”

“贵珍，别谢我，救了我们的是党。记住，永远听党的话啊。”

“姐姐，我一定听党的话，好好为党工作，我不会给党丢脸的。”

夜深了，我们俩的话像滔滔的牡丹江水一样流着。我们互相鼓励，互相安慰，谈着生活和斗争，谈着美好的将来。

天都要亮了，我说：“贵珍，睡吧，还是常说的一句话，愿再见面时，我们都能无愧地伸出自己的手。”她使劲地捏着我的手，使我感到手有些疼，对我说：“你放心，姐姐，再见面时，我一定要无愧地伸出自己的手。”

第二天我们就分开了。

离别后，在紧张的战斗行军之中，在大雪纷纷的宿营地里，在吃树皮、野菜充饥的时候，我总在想念着贵珍和那些不在身边的亲爱的姐妹们，她们战斗的怎么样？生活和身体都好吗？一有交通员来，我总要详细地打听贵珍和那些姐妹们。从交通员的口中断断续续地知道一些贵珍的情况。

原来，在我们离别后，贵珍就随军部去密营了。

不久，由于斗争的需要，她就和一些女同志随一师向舒兰、榆树一带远征，去开辟新的游击区。

她们非常艰苦，带着的粮食吃完了，和老乡们的联系又被鬼子切断，她们就用树皮充饥。是呀，就是同志们不说，我也能用我们的生活想象到她们是如何艰苦。在大雪覆盖的山沟里宿营，用雪去煮葡萄叶子，吃过去留下来的牛皮、马皮，又时时和敌人周旋。在这种环境里，贵珍表现得很坚强，还照样有说有笑，行军、打仗。

东北抗日联军炸毁的日军列车

　　贵珍的爱人宁满昌在一次战役中双胯被打折了，贵珍不得不和爱人一起留下来养伤。离开部队，她是不愿意的，是经师部领导一再劝说她才同意的。她说："我怎么能离开部队，离开这伟大的集体呢？"师首长跟她说："是这伟大的集体把你由一个受人摆布的奴隶培养成为命运的主人，成为一个真正的人，真正的战士。在部队中，你是集体中勇敢的一员。离开了部队，你是会有很多困难，但你怎能不留下呢？这是党的任务，一个共产党员能不接受党的任务吗？这不仅是照顾自己的爱人，而是照顾一个负伤了的同志，照顾革命事业最宝贵的财产。尽管任务艰巨，但为了党的利益，为了革命事业，你必须接受下来。一个共产党员只要心不离开党，他就永远没离开那伟大的队伍。"杨贵珍听党的话留下了。她服侍宁满昌同志，在荒山野岭，爬山洞，吃野菜、蘑菇，有时还得背着受伤的爱人躲避敌人，饥饿、被捕，时时都在等着他们。这不是一般的毅力能战胜的。听说贵珍离开部队时，向冷云要了识字课本，好等一有空闲让爱人来教。这个打算，说明她有决心渡过这个难关，完成党交给的任务。果然，几个月后，她和宁满昌同志一起回到了部队。宁满昌同志的伤好了，他俩跟部队又远征去了。她还是那样坚强、勇敢、乐观……以后很长时间，我没有听到关于贵珍的消息。

1939年秋天，李师长因事来到我们的驻地。他告诉我，贵珍同志牺牲了。

　　原来，在一年前，在牡丹江边，贵珍同志和七个战友同鬼子进行了一场激烈的战斗之后，弹尽粮绝，壮烈牺牲在牡丹江里。

　　听到这消息，我哭了很久，我的心像被什么东西撕裂了一样的疼痛。我不仅为我失去了一个亲密的战友、姐妹而悲痛，还为我们的党，我们的事业失去了这样一个优秀的女儿而难过。

　　贵珍真正的生命刚刚开始啊！过去，她常对我说，她要好好活下去，好好地为党工作。可是，万恶的敌人却夺去了她宝贵的生命。

　　自从知道贵珍同志牺牲之后，我觉得我的手中又接过来一支枪。这支枪，给了我力量；它鼓舞我更勇敢地战斗，向鬼子索还血债。

　　贵珍同志已经牺牲了。这些年来，无论是在抗日战争、解放战争中，或是为祖国的建设事业而走南闯北的时候，每当我看见滚滚的牡丹江、祖国各处的大江小河，或者是拿起那件红毛线衣，看见火红的胜利的旗帜，我就想起贵珍同志。我觉得她没有死，她就生活在我的身边，和我们一起战斗。我想，这不只是因为我们都生长在牡丹江边，乡土的感情把我们连在一起，还是因为抗日斗争的意志、阶级姐妹的感情，为党工作的信念，使我们永不能分。我常用贵珍同志的忠诚、坚定，对同志们的亲切关怀来鞭策自己，让自己全心全意地为党工作。

贵珍同志牺牲了，可是，她死得壮烈、光荣。她的光荣事迹，永远活在人们心里，永远鼓舞着人们向党指引的方向奋勇前进！

郭桂琴，林口县刁翎镇四合村人，1936年春，参军到了抗联五军，牺牲时才17岁。

王惠民，其父为抗联五军军部副官，其家被日寇所毁，母亲携弟妹出逃，12岁的惠民随父亲参加了抗日联军。不久其父牺牲，幼小的惠民决心为父报仇，她常说："爸爸被鬼子打死了，妈妈和弟弟在家受罪，我是大女儿，我得快点把鬼子打走，好回家找妈妈和弟妹们。"她牺牲时年仅13岁。

据徐云卿在回忆录《英雄的姐妹》中对王惠民回忆道：

小王是我们军部副官的女儿。妈妈带着她和一群小弟弟、小妹妹，家里生活很苦，还要常常带着他们躲避敌人的搜捕，因此，在她幼小的心里，就对鬼子有了强烈的仇恨。我记得，当我们部队到了她的家乡时，她正在和一群小孩子捉迷藏。看见我们，她就围上来要求带她去抗日。我们说："你太小了，不能干什么事！"她说："谁说我不能干，能帮妈抬水，做饭，哄妹妹。"我们说："那你就在家帮妈妈吧。"她说："不，我要去抗日！"她妈妈见她这样坚定，也帮她要求。就这样，我们从家里把她带出来了。

她才十二三岁，是个活泼天真的小孩子，可是却总想装大人，不愿意别人叫她小孩。记得有一年快过年的时候，我们从敌人手里得来一个留声机，我们打开它唱了一段，她两只眼睛瞪得溜溜圆，不转眼地看着。大伙哄她说："小王，里边有个小姑娘在唱。"她围着留声机转来转去找，一会儿又要拆开来找，逗得

八女投江　气贯长虹
——八位抗联女战士

抗联战士在战壕里狙击日军

大伙哈哈笑。

小王参军不久，她的爸爸就牺牲了。仇恨使这个十二三岁的小姑娘变得更坚强了。

妇女在密营里缝制军服时，因她年纪太小，王玉环队长就让她去帮着做饭，有时也让她到卡子房或伤病院去送信。她一到医院，伤员们就像对小妹妹似的把她留下了。她就给大家唱歌。她最爱唱的一支歌是："日出东方分外红，曙光照满城，大家快觉醒，看看鬼子多奸凶，国家人民全叫他坑。"这支歌，她不知唱过多少遍，唱得老乡流下眼泪，唱得伤员们忘了疼痛。多少人从这个孩子身上看到了我们民族的伟大气魄，也想到了自己的责任。

在部队里，大家都把她看成自己的小妹妹。行军时，抢着帮她背背包，帮她扛枪，可她总是不让。总

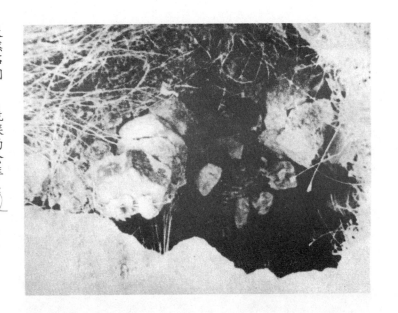

像个老战士的样子，跟着大家一样跋山涉水，有时一天走八、九十里路，脚磨破了，走起来一拐一拐，汗顺着额角往下流。可是你问她："疼吗？"她总说："不疼！"问她："累吗？"她总说："不累！"大家就表扬她说："你真是个英雄的小姑娘！"她听了这个话，却像大人似的说："爸爸被鬼子打死了，妈妈和弟弟妹妹在家受罪，我是大女儿，我还能要熊！我得快点把鬼子打走，好回家找妈妈和弟妹们。"这就是她的愿望。一个十几岁的孩子，她已经把自己的命运和民族、国家的命运连在一起了。

小王在那灾难重重的年代里，虽然表现得那么坚强，但终究她还是个小孩子。自从她参军后，一直跟

我睡在一起，每天夜里，她都要躺在我的怀里，枕着我的胳膊睡。开始远征前，就在我们将要离别的那个晚上，我开会很晚才回来，同志们都睡了，她还坐在那。我问她为什么还不睡？她说："我睡不着。"我说："你真是个小孩！"谁知道这一个离别的夜晚，竟成了我们永别的夜晚。

以上八位女战士，以至于妇女团所有的战士，她们加入抗联队伍，都满足了平生的夙愿。这不仅因为她们个个都是自愿地参加抗联的，而且还在于她们都因此而获得了程度不等的解放，找寻到了她们人生的真谛。艰苦备尝、险象丛生的战斗生活对于她们来说决不是苦难的渊薮，而是一种真正的幸

记述抗联事迹的史料

福。前述杨贵珍的情况告诉人们，只有在抗联的队伍中，她才能挺起身来做人，抬起头来走路，得到真正的做人的权利。据一些抗联老同志回忆，她刚到部队时，还是一看到男人就脸红，就不敢挺直身子说话，跟男同志一起吃饭就不敢动筷子，不敢吃饱——这显然是长期生活在不平等条件下的人突然遇到平等的社会环境而表现出的失衡状态。对于杨贵珍，平等就是幸福，就是平生的夙愿，而这些只有在革命队伍中才能得到。其他受压迫的妇女，也无一不是如此。这其中，冷云的情况与她们稍有不同。生活显然并没有给她多大的压力，条件也比其他几位好得多。她大概可以用解脱、遂志四字来概括。脱离了令人讨厌的伪警察丈夫的纠缠，此为小解脱；脱离那时时提防、处处小心的令人压抑的社会环境，在革命队伍里，可放言高论而谈抗日、谈理想、谈革命，可引吭而高歌，可尽欢而舞蹈，此又是大解脱。她终于与自己真正的意中人周维仁（吉乃臣的化名）结为伴侣，虽然爱人不久便在战斗中牺牲，但她毕竟找到了志同道合的革命伴侣，

八女投江　气贯长虹

——八位抗联女战士

可以说是死而无憾了。至于她实现了多年的心愿，终于拿起枪，直接投身到抗日第一线，同日本鬼子进行面对面的战斗，对她来说，无疑是一大快事！

正是因为这些妇女们是从封建枷锁下挣脱出来的，满怀对旧世界，对民族敌人的深仇大恨参加到抗联的部队中来的，因此，她们在艰苦的环境中能够始终保持乐观、向上的态度。在对敌作战中，表现出勇敢无畏的革命英雄气概。

1938年秋，东北抗日的形势更加严峻了。日本帝国主义于1937年7月发动了全面侵略中国的战争。在一年的时间里，日本占领了中国的半壁河山，北平、天津、上海、南京、武汉、广州等大中城市和交通要点都被日军占领了，中国人民的抗日战争进入了

八女投江的乌斯浑河

艰苦的相持阶段。日军虽然占领了中国的许多城市和地区，但妄想速战速决灭亡中国的企图却落了空，为了支持中国内地的侵略，日军加强了对东北的殖民统治。一方面增加兵力、加紧向东北移民；一方面采用一些新战术，加紧向东北抗联部队进攻。原来同抗联部队并肩作战的一些国民党的散兵游勇，山林队，不是被敌人打垮，就是投降了日本人。在东北坚持高举抗日救国大旗的只剩下中国共产党领导的东北抗日联军了。

　　为了粉碎日军的"围剿"打破被分割的困难局面，打通与关内抗日根据地的交通线，抗日联军第二路军总指挥部决定集中抗联第四军和第五军为两个军的主力部队进行西征。为了行动方便，行动前将四、五两军的女同志编为一个独立团，称第五军妇女团。冷云

被任命为妇女团的指导员。

这些女同志，大部分都认识冷云，因为冷云在总部秘书处工作时，是她们的文化教员，她们也常与男同志们一道听冷云讲政治课。给冷云印象最深的是杨贵珍，因为她每次见到冷云，总是规规矩矩地站好，说一声："冷老师好。"有时还要敬个礼。冷云也不好怪她。因为冷云听人说，她参加抗联时连个名字也没有，贵珍这个名还是徐云卿等人合计着给她起的。她对冷老师的尊敬是由衷的，因为冷云不但教她识了不少字，还使她懂得了不少道理。使她成了一个全新的人。冷云还记得教她识字时的情景：脸憋得通红，手哆嗦得像喝醉了酒，冷云手把手教她写字，她的脸因为羞愧变成了紫红色。别人休息了，冷云看她手中捏着一根树枝，还在地上吭吭哧哧地写……去年她跟周总指挥上十军前，还特意找到冷云，要去了识字课本。到妇女团驻地，冷云第一个遇见的又是她："贵珍，识了多少字了？"冷云微笑着问。"报告老师，课本上的字我都能念了，就是写还……""没关系，等上路后找时间我再教你。"

离开杨贵珍后，冷云便开始到各处检查妇女团出

发前的准备情况。走出不远，就听到妇女团的屋子里传出了稚嫩的歌声："日出东方分外红，曙光照满城；大家快觉醒，看看鬼子多奸凶，国家人民全叫他坑……"冷云知道，这是小战士王惠民经常唱的

一首歌。小王的这个稚嫩的童音，在五军中是有名的。她的歌声曾使多少战士流下悲愤的眼泪，激起他们杀敌报国的勇气；又使多少伤员听到她的歌声忘了伤痛，重新走上战场。甚至被俘的伪军听到她的歌声也流下愧悔的眼泪……歌声刚落，掌声顿起，妇女团的姐妹们高兴地喊："小歌手，再来一个。"不一会儿，尖细的童音又响起来："十大联军十万人，救国抗日一条心……"单细的童音立刻汇成高昂的合唱："步炮联合除倭寇，铁骑纵横扫妖氛；但愿民族获解放，白山黑水庆升平。"冷云走进屋里，跟大家一齐鼓掌。笑着说："我们的小歌唱家唱得越来越好了，好，

等有机会我再教你几个新歌。"女战士们站起来，李凤善操着不很流利的汉语笑着说："指导员的，欢迎，唱一个。""等我们有时间，得让凤善教我们跳朝鲜族舞，大家欢迎不欢迎？"大家哄起来："欢迎，欢迎！""不过今天先不必了，先检查一下出发前的准备情况吧。怎么样？都准备好了吗？"班长胡秀芝立刻代表大家汇报了准备情况。"大家坐下吧。"冷云边说边坐到了炕上。接着便一脸严肃地对大家说："大家不要光顾高兴，要认识到这次西征任务的重要性和艰巨性。现在，我们面前的敌人是我们的十几倍，如果再加上山林队、大排队、靖安军等，就不是十几倍，而是几十倍。而且，我们同地方群众的联系也被敌人割断了，游击根据地也遭到了严重的破坏……"冷云缓了一口气，接着说："我们只有打破敌人的包围封锁，才能达到与友

军汇合，开辟新的游击根据地的目的。但是这需要我们付出代价，做出牺牲，所以，同志们要有充分的思想准备。"女战士们的脸色渐渐地严肃起来，纷纷向指导员表示决心，一定要经得起这次西征的考验。

冷云刚从屋里出来，迎面碰上了匆匆走来的郭桂琴。她虽然已是17岁的大姑娘，却是妇女团里个子最小的战士。据一些老同志回忆，她身高只有一米四左右，圆圆的娃娃脸，两只圆圆的眼睛显得格外精神。"桂琴，到哪去了？这么忙？"冷云站住问。"指导员，我……""有话说嘛！"郭桂琴挺直身子，严肃地说："报告指导员，我看姥姥去了，跟班长请的假，听说这回部队要走

出老远，我怕……""怕再见不到姥姥了是不是？挺小个人倒挺有心计。告诉你，不会的，我们还要打回来的。""是，指导员。""快回去准备吧。"原来，郭桂琴很小时妈妈就死了，所以她常年住在姥姥家，跟姥姥很有感情。1936年参军时她15岁，临走时拉着姥姥大哭了一场，参军后也是一有空就去看姥姥。

西征军共计2000人左右，分作三路出发了。妇女团的这一路有五百余人，妇女团走在行军队伍的中间。阴历七月，正是酷夏盛暑的大热天，晚上行军倒很凉爽。要不是师部有不准喧哗的命令，女兵们真想放开嗓子唱起来。队伍快到三道通镇了，前边传下口令：

"停止前进，原地待命。"队伍坐下休息，黄桂清坐到冷云身边，悄声说："指导员，出发前我回一趟家，我爸妈说，这回队伍走远路，说不上啥时候回来，我妈准备了两个棉褂子，她特别嘱咐我送给你一件。""谢谢你们全家了，等用得着的时候我一定找你要。"正说着，前边又传下口令："让妇女团指导员冷云到前面去。"冷云站起身往前面跑。不一会儿，她兴奋地向大家说："同志们，好消息。部队准备打三道通镇了，给我们妇女团的任务是打扫战场和救护伤员，大家快准

备吧！"女战士们很快地准备起来。不一会儿，前面就打响了。打三道通根本没费多大劲。原来住在镇里的鬼子小队和伪军部队都调走了，只剩下了伪警察署的二十几个警察，

没放几枪就被抗联缴了械。女战士们因没有分到任务而感到不快。胡班长说：“要知道就这几个伪警察，我们上去也把他们收拾干净了。冷云笑着说：“你们也不用噘嘴，恶仗还在后面呢，有你们哭的时候。”大家叽叽喳喳地说个不停。只有朝鲜族战士李凤善一声不吭地坐在一边，拿出针线，一面缝她那已经破了几个洞的军用粮袋，一面自言自语地说：快补充给养了，粮袋漏了不好办。”杨贵珍就势提醒大家说：“凤善姐想得周到，大家检查一下粮袋，免得临时抓瞎。”

打三道通虽然没有缴到多少枪，但正如大家所预见的，却得到了不少粮食，大家的粮袋都装得鼓鼓的。

李凤善体格壮，左右边各挎了两个粮袋。连小王惠民也背了满满一袋子。这一天，是抗联第二路军西征正式开始的日子。

队伍在镇里只住了一夜便继续前进了。

这一路走的都是山区，不是爬山就是过河。西征军的原则是遇着村屯绕着走，有了敌人不碰头，尽量保持西征行动的秘密性。在山区隐蔽地穿行了几天，来到了一片有平地的地方，此地名叫二道河子，离此不远就是牡丹江地区的大镇楼山镇了。指挥部决定在这里打上一仗，以补充粮食和弹药。这一仗收获较大，白俄山林队和伪警察三百多人全被缴了械，驻守的日本鬼子也被消灭了。队伍在镇里停留了两个多小时，妇女团也分到任务：除了参加战场救护和打扫战场外，冷云带着胡班长和十几个年龄较大的战士还直接参加了战斗。胡班长投弹技术好，两颗手榴弹便炸碎了伪警察署的岗亭和大门。杨贵珍班长则带着几个战士抓了十多个俘虏。战斗结束后妇女团又上街宣传，动员市民帮助搬运粮食和物资，忙得不亦乐乎。

　　部队继续在山区里行军。楼山镇一仗虽说打得痛快，但是由于部队撤得太匆忙，所以大家都感到很累，小战士王惠民慢慢有点跟不上了，于是大家有的帮她扛枪，有的抢她的背包。可小王硬是不肯，所以大家只好扶着她走。因为大伙都知道她有一个

脾气，谁要说她是小孩子，就会惹得她把嘴噘得老高，好长时间不理你。这时，指挥部开了个会，决定把四军后勤部门的女同志合并到五军妇女团中来。带队的是原四军被服厂厂长安顺福同志。这样五军妇女团实质上就成了二路军的妇女独立团了。部队急行军到夜里，决定在树林里露营。又经过几天行军，到了苇河地界，又看到平原。在这里西征部队又与敌人打了一场遭遇战，虽然给敌人以沉重打击，消灭了不少敌人，但西征的企图暴露了，部队也损失较大，妇女团也有人掉队落伍了。尤其严重的是，在艰苦的斗争中，五军政治部主任宋一夫经不住考验，贪生怕死带着手枪和部队的活动经费，乘乱逃离了部队投降了敌人，并向日军提供了西征的军事计划、部队人数等机密，这对西征构成了严重的威胁，迫使总指挥部不得不改变行动方案。冷云为了稳定部队，召集党员开了紧急会议，决定一个党员带动几个战士和群众，防止落伍的事情发生。

此时此刻，西征的部队已经分为三部分：第一支，跟随西征的群众武装大刀会在王荫武的带领下单独活动，一个月后，这支队伍全部投降了日寇，王荫武后来也被日本人毒死。第二支，四军部队由苇河向延寿方向前进，以求达到分散敌人兵力的目的。这支部队后来大部分人都牺牲了，只剩下几十个人退入苏联境内。剩下的便是由五军第一师师长指挥的五军西征部队，妇女团便跟着这支部队继续西征。

再继续前进，便到了五常地界的冲河。这是个半

八女投江　气贯长虹

山区，在这里，西征军见到了抗联十军的队伍，两军决定在五常、舒兰一带分散游击开辟新游击区。

东北抗联第五军妇女团政委冷云

周保中日记中关于"八女投江"事迹的记载：'乌斯浑河畔壮丹江岸将来应有烈女芳'

1938年10月，冷云等八名抗联女战士掩护部队突围，在弹尽援绝的生死关头，毅然投入乌斯浑河，壮烈殉国。这就是著名的"八女投江"。历史永远铭记八位英雄的名字：冷云、胡秀芝、杨贵珍、郭桂琴、黄桂清、李凤善、王惠民、安顺福。

八女投江地旧址

但这时的形势却迅速地恶化了。原来，西征军在打下楼山镇后就引起敌人的警觉，宋一夫叛变投敌后，敌人根据他提供的情报，派出大量特务密探侦察抗联的行踪，同时又派出飞机低空侦察。所以，西征部队刚赶到五常，敌人就从各个方面向五常地区包围过来，一场恶战难以避免了。

西征部队刚刚走出冲河到五常的西南山区，便与敌人的围剿部队遭遇上了。这场仗打得十分艰苦。敌人倚仗其优势兵力和武器的精良，三面包抄上来，五军西征的指战员们毫无惧色，用步枪、手榴弹同敌人展开了殊死的战斗，从下午一直打到半夜，疲惫不堪的敌人燃起了一堆堆篝火，围坐在一起休息，停止了

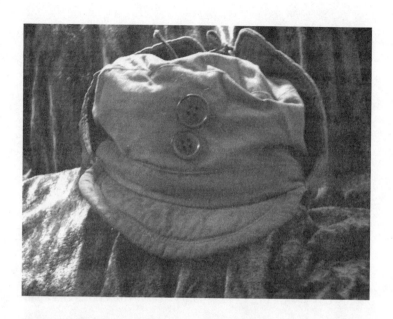

进攻，刚刚还弹片横飞的山野，突然寂静下来。五军西征部队连忙清点人数，检查损失情况，并召开紧急会议，研究下一步行动方案。这时，五军的西征部队只剩下了一百多人。妇女团在此之前已经是不足二十人的队伍了，只剩下以冷云为首的八名战士。经过研究，决定迅速脱离敌人，撤出战斗，沿来时路线，走山区撤回刁翎，寻找军部。

西征军的返回是真正的苦难之旅。由于不敢走大路，只能穿行在深山密林中，所以衣服被树划得无法遮体，鞋也破得挂不住脚，只好用茅草拧成绳子勉强绑到脚上。人们普遍穿着漏底鞋，所以脚都被扎得鲜血淋漓。由于没有地方筹粮，所以只好以野果为食。

好在当时已是秋季，山林野果不少。但光吃野果又酸得受不了，于是就吃山韭菜、干蘑菇。拣到干葡萄就成了好东西，因为据一些老战士说，它可以当盐。据幸存者金石峰回忆，部队从阴历七月份从五常西南撤出，走到柴河北佛塔密沟里时，已经快到八月中秋节，在二十七八天时间里大家没有吃到一粒粮食。这时遇到两个老百姓赶着两辆牛车，套着四头牛。本来应该用钱买老百姓的牛，但是由于经费被叛徒拐跑了，所以只好打欠条赊了两头牛。一百多人靠两头牛也只能维持几天。此后在过牡丹江时缴获了敌人三只船，船上有些吃的，大家又吃上了一顿饱饭。过江后两天走到山东屯，这里原是老游击区，群众基础好。群众杀

了两口猪招待他们，又吃了一顿饱饭。此后一直到乌
斯浑河边，就又没有饭吃了。总之，西征军返回刁翎
大约用四十几天时间，战士们前后只吃过七八顿饭
（算上两头牛）。其中最悲惨的还是伤员，不少受伤并
不重的战士，因为挨饿倒在了返回的路上。这时妇女
团剩下的八名战士表现出了极大的革命英雄主义精神。
她们虽然已经饿得抬不起头，但还是时刻惦记着男同
志，特别是伤员。有一次，几个女战士抓到了几个大
蚂蚁，到驻地用火烧了后送到了伤员面前，感动得几
个伤员大哭了一场。大姐安顺福是采山野菜的能手，
在她的带领下，大家把采到的各种野菜搭配起来，到
夜里点起火来煮着喂给伤员吃。饿得直打晃的小战士
王惠民，为了鼓励大家战胜困难，还是断断续续地给

大哥大姐们唱歌："伪三江来伪三江，日本小鬼太猖狂；多年苦心织罗网，想把抗联一扫光。抗联英雄如猛虎，日本鬼子反遭殃；铜墙铁壁被冲破，誓将倭奴抛东洋。"班长杨贵珍始终保持饱满乐观的情绪。"怕啥的？没有过不去的火焰山。"这是她的口头禅。还时常听她跟同志们讲：当初她爱人受伤，她奉组织之命护理他时，开始是住在村子里，讨伐队来了就背着他跑到了山里，也是住山洞吃野菜地过日子。"我还会打野兔逮山雀哩！"她无不得意地说，"为了我那个男人早点养好伤，我就用野兔和山雀给他改善生活。""好几个月你都是这么过的吗？"其他人围过来好奇地问。"那怎么行啊。"她接着说："讨伐队走了，我就跑回村里给他拿吃的。"夜深了，别人疲倦地躺下了。冷云看到她还在用树枝练字……

长白山天池——抗联活动地点之一

八女河边成大义

1938年10月下旬，历经千辛万苦的五军西征部队余部一百多人行进回到牡丹江支流乌斯浑河河边。西征部队选择的渡河地点是乌斯浑河与牡丹江的交汇处，河对岸是东岗子，离它不远的东南方向便是刁翎镇，它曾经是抗联二路军的主要根据地。战士们到了这里好像回到了温暖的家，二路军许多战士的家都住在这一带。郭桂琴想起了她的姥姥，黄桂清想到了爸妈和弟妹，胡秀芝的家马蹄沟也离这里不远。而李凤善、杨贵珍虽家在林口，但因这里属于林口地段，所以也顿生回乡之感。而大家想得最多也最热切的当然是根

东北抗日联军在深山密林中建造的密营

据地的战友和同志。看看天色已晚，师长下达了就地宿营的命令，大家忙着拾取干柴，燃起篝火。深秋十月，黑龙江已是很冷了，往返几千里的山路，一路的苦难，已把战士们折磨得脱了相，体力已经十分衰弱了。如果没有火，不少人便挺不过这阴凉的夜晚。再说，连绵的秋雨，把战士们的衣服都淋湿了，也需要用火把它烤干。"贵珍，快见到男人了吧？"安顺福边拾柴边打趣地说。"谁知道我们那口子怎么样了？"杨贵珍知道她指的是自己的丈夫宁满昌。李凤善一边拾柴，也在一边想着心事。因为她是婚后参加抗联的，1936年那年，男人被抓了劳工，不久她也入了抗联。她不但挂念着家，更惦念丈夫。听人说，给日本人当劳工，不死也得脱层皮。小惠民一屁股坐到地上，再

也不想动了。"小歌手，快起来，你金叔叔又要用大胡茬子来扎你了。"冷云怕她寂寞，故意逗她。因为师部金政委常用大胡子扎她的小嫩脸。大家很快地烧起了十几堆篝火，开始在火旁休息。但疲乏衰弱的身体与活跃的思绪是很矛盾的。是的，大家怎么能睡着呢？出发时，妇女团二三十人，如今有的牺牲了，有的掉了队，有的在途中倒下了，有的可能开了小差。最后剩下的这八名同志，可算是万顷流沙中筛选出来的真金啊！西征部队的全体同志都把她们当成了全军的骄傲，她们也真的是全军的荣誉。同志们不会忘记，在

几十天险象环生、饥寒交迫的历程中，多少男人在生死考验面前畏缩了，后退了，有的甚至开小差当了叛徒。而她们却饱含革命热情，顽强地随大部队战斗过来了。尽管八位女英雄与大家一样，已经疲惫不堪，但在她们的队伍中还是传来了细微而低沉的歌声。领唱的当然还是小战士王惠民。她边搂着大姐姐的脖子，边摆着瘦小枯干的小手，哼着抗联的送别歌："碧草萧萧夏日长，共为救国忙，祝歌一曲送长征，从此各一方……"此情此景，女战士们的歌声越发显得苍凉和悲壮。这歌声实在令人振奋，更催人振作。其声有悲，悲我国家民族惨遭蹂躏，家破人亡，天各一方；悲中有壮，喻万千民众之奋起，遍地燃烧的抗日烽火便是敌人的葬身之地。低沉而又雄壮的歌声向世人宣告：这是一支无坚不摧的必胜的兵，中华民族争取解放的

劲旅！

战士们终于在温暖的篝火旁入睡了。午夜时分，抗联的篝火被日本密探葛海禄在偶然中发现了。他一路小跑到日本守备队告了密，乔本队长立刻向刁翎驻屯军司令熊谷大佐报告。在熊谷的统一指挥下，千余人的日伪军被集中起来，对乌斯浑河边的一百余人的抗联武装形成了半月形包围，悄悄地向熟睡中的抗联战士们逼了过来。敌人十分狡猾，怕夜战吃亏，于是布置好包围圈后，就地扎营，准备天亮时将抗联部队一网打尽。由于连日的行军，过分的疲劳，大家睡得太沉了，敌人已经很近很近了还没有被发现。

天渐渐亮了，师部下令准备渡河。派金石峰参谋带领八名女战士寻找渡口，先行过河。金参谋为试探水势，先行游过河去了。正在这时，敌人的总攻开始了，八位女战士被隔在了岸上。

敌人集中步炮火力攻击抗联大部队。这时冷云感到，如果妇女团从敌人背后展开攻击，正可以吸引敌人的火力，掩护大部队转移。于是她很快把八人组成三个战斗小组，占好位置，毅然命令："同志们，快！向敌人开火，把敌人引过来，让大部队突围！"八支长短枪顿时齐鸣，敌人的阵脚被打乱了。

追击抗联大部队的敌人立刻调过头来向据守在岸

边的八位女战士攻击。大部队与敌人脱离接触后，见八位妇女被隔在岸边，又返回来攻向敌人，企图杀出一条血路救出女兵们一齐撤走。但这时有利地形已经被日伪军所控制，重火器已经控制了柞木岗子山口，进行强攻必然造成重大伤亡。为了保存革命的有生力量，冷云等八位女战士一齐高喊："同志们！冲出去！保住手中枪，抗日到底！"八位女战士连喊三遍。指战员们理解女战友们的心情，于是师长忍痛下令，撤入乌斯浑河西边的柞木岗子山的密林里。

敌人见追击抗联大部队不成，便像狼群般扑向了女兵们据守的阵地。由于敌人不明河边阵地的情况，两次冲击都被女兵们的步枪和手榴弹打了回去。于是敌人便用迫击炮连续向岸边轰击。柳条通被炸平了，枯草被烧光了，八位女兵的阵地变成了光秃秃的土岗子。冷云及时地指挥大家撤向河边的土坎，此时，背后几步远就是滚滚的乌斯浑河。敌人又向土坎发起攻击，八位女英雄又用手榴弹把敌人炸了回去。但这时，黄桂清和郭桂琴却负了伤，手榴弹也只剩下了三颗，子弹则已经全部打光了。

这时，冷云沉着地对大家说："同志们，我们是共产党员、抗联战士，宁死也不能做俘虏！现在咱们已弹尽援绝了，只有蹚水过河。能过去，就找到军部继续抗日，战斗到底；过不去，宁肯死在河里！为祖国的解放事业而战死是我们的最大光荣！"

"指导员说得对！咱们宁可站着死，也不跪着生！过河！"安顺福坚决地说。"对，过河！"其他同志齐声回答。"好！咱们还有三颗手榴弹，一定要用到节骨眼上！"冷云指挥大家准备渡河。

敌人又怪叫着冲了上来。冷云、安顺福、杨贵珍把最后三颗手榴弹赏给了冲上来找死的敌兵，便与大家一起迈步跨入眼前的滚滚波涛。只听敌人在岸边狂

八女投江 气贯长虹
——八位抗联女战士

喊："回来，上河岸来！回来！金票大大的，生命的保障！"但回答他们的只有英雄高昂的"打倒日本帝国主义"的口号和雄壮的国际悲歌。狂怒的齐本大喊："打！统统地打！"随着敌人枪炮的轰鸣，波涛滚滚的河面现出了万点殷红。八位英雄的血肉与魂魄与乌斯浑河连成一体浑然融入了祖国的万里山河。这魂魄，这血肉，顿使江山增色，大地回春。畴野万里，赖它而生发，而怨长；生灵万种，凭它而新其姿，壮其体，化成无坚不摧、无往不胜的伟力。

　　八位女英雄真的被敌人消灭了吗？没有。连日本驻屯军司令熊谷大佐也懂得这一点。被这一悲壮场面惊呆了的熊谷当时万分感慨地说："中国的女人这样的顽固，死了的不怕，中国人实在可怕！"当时在场的日伪军们，无一不为冷云等八位女英雄视死如归、大义凛然的精神所震慑。他们无法理解，是什么力量使得这些拖着伤病身体的弱女子，面对汹涌的波涛，毫无惧色地走了进去。

是的，侵略者永远也不会明白，这些平凡的中国女性，怀着一颗对祖国美好山河的赤胆忠心，为了祖国的独立、人民的解放，是不惜牺牲自己的生命的！正是这种伟大的爱国主义精神，激励着千千万万的中国人为捍卫民族尊严，驱逐侵略者，为了祖国的解放，前赴后继、英勇奋斗！

八女投江　气贯长虹

——八位抗联女战士

中华魂·百部爱国故事丛书

提　要

《誓与禁烟相始终——民族英雄林则徐》

　　林则徐严禁鸦片，坚决抵抗西方列强的侵略，坚持维护国家主权和民族利益。他是中国近代历史上第一位睁眼看世界的人，是抗击帝国主义殖民侵略的第一人，是中华民族抵御外侮过程中伟大的民族英雄。

《血洒虎门御敌寇——抗英将军关天培》

　　民族英雄关天培，在第一次鸦片战争中为了抗击英国侵略者的入侵而血洒虎门，为国捐躯，谱写了一曲可歌可泣的英雄赞歌。关天培用他的生命，书写了中国人民反抗外侮的历史。

《威震镇海靖节魂——抗敌英雄裕谦》

　　在第一次鸦片战争期间的众多牺牲者中，有一位官阶最高，他就是两江总督裕谦。裕谦与外国侵略者斗争立场坚定，与国内妥协派、投降派斗争态度坚决。裕谦督战镇海，与英国侵略军浴血奋战，临危不惧，以身报国，浩气长存。

《斩邪留正解民悬——太平天国领袖洪秀全》

　　农民出身的洪秀全，从失意文人到起义领袖，经历了长期的思想演变过程，在外敌入侵、清朝政府腐朽的历史环境之下，顺应时代的潮流，成长为一位非凡的历史英雄人物，建立了与清朝政府相抗衡的农民政权——太平天国。

《仰承汉唐　荟萃中外——近代数学家李善兰》

李善兰是我国19世纪重要的科学家之一，在数学、天文学、力学等方面都有重大建树。他继承了我国古代数学的成就，又以极大的热情传播西方科学文化，"仰承汉唐，荟萃中外"，把自己的一生献给了科学事业。

《严谨治学　勇于探索——近代著名数学家华蘅芳》

华蘅芳，中国近代数学家之一。其精通中国古算学，并熟练掌握西方近代数学，是中国验证抛物线并著书立说的参与者。为了证明"外国有的，中国也能造"而鞠躬尽瘁，在引进西方科学技术、传播科学知识上贡献卓著。

《折冲樽俎护山河——近代著名外交家曾纪泽》

曾纪泽是中国近代史上著名的爱国外交家，在中俄伊犁交涉事件中，他秉承抵抗列强、保卫国家的坚定意志，利用外交手段全力同沙俄抗争，捍卫了国家主权、民族尊严，收回了祖国的领土，在近代中国外交史上留下了光辉的一页。

《甲午海战留英名——民族英雄邓世昌》

邓世昌，北洋水师名将。本书以邓世昌的成长过程为线索，以代表性的历史故事为主要内容，还原真实的历史事件，突出鲜明的人物性格。邓世昌因在中日甲午海战中突出的英雄气概而名垂史册，书写了伟大的爱国主义篇章。

《誓与舰队共存亡——北洋水师提督丁汝昌》

丁汝昌处在清朝政府的腐朽和李鸿章的专断下，难以施展爱国的抱负，壮志未酬，愤恨而终。但丁汝昌为建立近代海军作出的巨大贡献，带领北洋舰队爱国官兵勇抗强敌的英雄事迹，将永远为后代所传颂。

《镇南关上凯歌扬——抗法老英雄冯子材》

1885年中法战争中，年逾古稀的冯子材为抵御外国侵略，勇赴国

难，大败法军于镇南关，并乘胜追击，接连收复文渊、谅山等地，从根本上扭转了中法战争的局面，成为近代民族英雄的杰出代表。

《屡败法军逞英豪——黑旗军将领刘永福》

刘永福是黑旗军的创建者，是农民出身的杰出军事家、政治活动家。在19世纪发生的援越抗法、中法战争中，他率部与帝国主义侵略者进行了殊死的战斗，建立了卓越的功勋，成为我国近代史上著名的民族英雄，为后世所景仰。

《矢志变法强国家——戊戌变法领袖康有为》

康有为是清末民初最有影响力的思想家之一。他领导了中国知识界的启蒙运动，掀起了一场自上而下的政体改革。他最早在中国提出了立宪政体和具体的宪政方案，主张在坚持儒家传统和帝制的前提下，学习西方经验，他的进步思想对近代中国具有深远的影响。

《开民智以报国　普新知而图强——戊戌变法思想家梁启超》

梁启超，中国近代史上著名的政治活动家、启蒙思想家、史学家、文学家，戊戌变法领袖之一。本书以百日维新思想家梁启超的成长过程为线索，以代表性的历史故事为主要内容，还原真实的历史事件，突出鲜明的人物性格。

《我自横刀向天笑——维新志士谭嗣同》

谭嗣同在民族危机的严重时刻，投身改革救中国的洪流。为了带给祖国一个光明的未来，紧要关头，他挺身而出，用自己的鲜血激励后人，把宝贵的生命献给了变法事业。

《睡乡敢遣警世钟——用生命警策国人的陈天华》

陈天华是民主革命的活动家和宣传家。他写的《猛回头》《警世钟》等书，起到了革命启蒙的重大作用。为了激发留日学生的爱国情怀，他不惜投海自杀，演出了近代史上感人至深的一幕，给后人留下了难忘的印象。

《革命军中马前卒——民主斗士邹容》

革命乃"至尊极高，独一无二，伟大绝伦之一目的"；它是"天演之公例，世界之公理，顺乎天而应乎人"的伟大行动。因此，必须"仗义群兴革命军"。他激情高呼："革命独子万岁！中华共和国万岁！"这就是《革命军》的作者，中国近代著名资产阶级革命宣传家邹容。

《休言女子非英物——鉴湖女侠秋瑾》

为民族解放和妇女解放而英勇斗争的秋瑾，冲破封建礼教的思想牢笼，打碎封建精神枷锁，崇仰真理，追求光明，主张共和，坚持男女平等，最终献出了自己年轻的生命。

《血溅校场　杀身成仁——民主斗士徐锡麟》

本书讲述了反清志士徐锡麟弃文从武、投身反清革命事业，最终被清政府杀害的故事。出于对国家的热爱，徐锡麟献出自己的生命，他的事迹将永远激励后人深切缅怀这位民主革命的先驱。

《生可死耳　我志长存——献身民主的禹之谟》

禹之谟，民主革命党人，同盟会会员，近代资产阶级革命家、实业家。1886年，20岁的禹之谟"提三尺剑，挟一卷书"游历四方，研究西方社会政治学说，忧国忧民之心日趋强烈。戊戌变法失败，他丢掉改良幻想，倡革命救亡之说，走上民主革命道路。

《物竞天择　适者生存——资产阶级启蒙思想家严复》

严复是中国近代著名的启蒙思想家、翻译家和教育家。他长期从事教育和翻译事业，为近代中国人才培养和思想启蒙做出了重要贡献，同时他也为中国的翻译事业和中西思想文化交流做出了重要贡献。

《辛亥革命急先锋——资产阶级革命家黄兴》

黄兴，清末民初资产阶级革命家，中华民国开国元勋。黄兴在武昌首义及辛亥革命时期的爱国表现，与孙中山闻名于当时，常被时人以"孙黄"并称。本书以资产阶级革命活动实干家黄兴的成长过程为线索，歌颂了先辈伟大的爱国主义精神。

《矢志革命　百折不回——近代民主革命家廖仲恺》

廖仲恺追随孙中山踏上了创立民国与捍卫共和制的旧民主主义革命

之路；在新民主主义革命时期，他为建立、巩固首次国共合作和实施三大政策，英勇奋斗，为国殉职，洒尽了一腔热血。

《将军拔剑南天起——护国英雄蔡锷》

蔡锷是中国近代史上的杰出军事家、爱国者。他的一生短暂而伟大。辛亥革命爆发，他毅然投身于革命洪流之中，领导云南重九起义，对武昌起义积极响应。袁世凯窃国复辟、恢复帝制的阴谋暴露出来以后，他又毅然举起了武装讨袁的旗帜。

《反帝反封建运动——五四青年的爱国故事》

五四运动是一次伟大的反帝反封建的爱国运动；是一个伟大的历史转折点；是中国人民的斗争从挫折走向胜利的一个关节点，它为中国的前进开辟了一条全新的道路，拉开了中国新民主主义革命的序幕。

《思想自由　兼容并包——著名教育家蔡元培》

蔡元培是中国近现代著名的民主革命家和教育家，一生经历风雨，却始终信守爱国和民主的政治理念，致力于废除封建主义的教育制度，奠定了我国新式教育制度的基础，为我国教育、文化、科学事业的发展做出了富有开创性的贡献。

《为国家争光　为民族争气——中国铁路之父詹天佑》

詹天佑是我国最早的杰出铁道工程师，因主持建造京张铁路而闻名中外，被誉为"中国铁路之父"。他为祖国的铁路事业贡献了毕生的精力。本书向读者展示了詹天佑热爱祖国、科技兴国的辉煌人生。

《实业救国　衣被天下——轻工之父张謇》

张謇是爱国实业家、教育家。他年轻时中过状元。过了40岁，开始投身工商实业活动中，他的名言是"富民强国之本在于工"。在南通，创办大生丝厂、银行等各种实业。并将创办实业的大部分所得投入教育。他的观点是，教育和实业一样，也是"富强之大本"。

《心向革命　追求光明——平民将军冯玉祥》

冯玉祥将军"是一位从旧军人转变而成的坚定的民主主义战士"。

抗日战争期间，他辗转各地，用实际行动积极抗战。日本战败投降后，他为了断绝美国的援蒋内战，又在美国四处演说，揭露蒋介石统治之黑暗，痛斥美国阴谋分裂中国的不良行为。

《刑场上的婚礼——革命烈士周文雍　陈铁军》

周文雍是广州起义的主要领导人之一。陈铁军出身于华侨商人家庭，却毅然投身革命洪流。1928年1月，两人接受派遣，回到广州假扮夫妻从事革命斗争，却不幸被捕。临刑前，两位烈士将敌人的枪声当作自己婚礼的礼炮，用生命和爱情谱写出一曲千古绝唱。

《星星之火　可以燎原——井冈山斗争的故事》

1927—1929年，毛泽东、朱德等老一辈革命家，在井冈山创建了农村革命根据地，进行了艰苦卓绝的斗争，建立了新型革命武装，点燃了工农武装革命之火，找到了农村包围城市最后夺取政权的中国革命的正确道路。

《新民学会的主要发起人——中国共产党早期革命家蔡和森》

蔡和森青年时期曾与毛泽东等人一起组织进步团体新民学会，参加五四运动，并在赴法国勤工俭学时研读大量马克思主义著作，回国后以满腔热忱投身革命事业，成为中国共产党早期重要的理论家和宣传家。

《威震黄浦江畔　高奏抗日壮歌———一·二八淞沪抗战》

面对日本侵略者的挑衅，十九路军在蒋光鼐、蔡廷锴的带领下，高举义旗，奋力一搏。一·二八淞沪抗战，是中国军人捍卫军人荣誉和祖国尊严所发出的吼声，谱写了一曲抗击日军侵略的英雄壮歌。

《将军恨不抗日死——慷慨就义的吉鸿昌》

在国难深重的20世纪30年代，吉鸿昌将军因拒绝执行国民党指示，坚决不打内战，被迫携眷出国"考察"。回国后，他加入中国共产党，组织了民众抗日同盟军，英勇打击日本侵略者，后于1934年11月被国民党反动派杀害。

《献身革命 甘于清贫——梅岭忠魂方志敏》

大革命失败后，方志敏凭着"两条半步枪"起家，身经百战，创建了赣东北革命根据地和红十军。本书真实记录了方志敏投身于革命、领导红军和敌人进行艰苦卓绝斗争的经历，歌颂了烈士贫贱不移、威武不屈、献身革命的高尚品质。

《奏响中华最强音——人民音乐家聂耳》

聂耳在他有限的生命中创作了数十首革命歌曲，在抗日救亡运动中，聂耳的这些歌曲产生了广泛深远的影响。他的音乐创作为中国无产阶级革命音乐的发展指明了方向，树立了榜样。

《横眉冷对千夫指——中国文化革命主将鲁迅》

鲁迅不但是伟大的文学家，而且是伟大的思想家和伟大的革命家。在那风雨如晦的黑暗年代里，他以笔为投枪，同一切帝国主义和反动派进行了顽强的战斗，为中国人民树立了一个不朽的丰碑。他是新文化战线上的一面光辉旗帜，是我们伟大民族的灵魂。

《铁流两万五千里——红军长征的故事》

红军长征是人类历史上的一次伟大的壮举。第五次反"围剿"失败后，中国工农红军的三大主力在极端艰难的条件下，突破国民党军队的围追堵截，进行了史无前例的战略大转移，总行程达两万五千里以上。途中发生了许多动人故事，至今令人难以忘怀。

《荣辱不移革命志——创建陕北红军的刘志丹》

刘志丹是杰出的无产阶级革命家、军事家，西北红军和西北革命根据地的主要创始人之一。他一生热爱人民，追求真理，英勇善战，百折不挠，艰苦奋斗，忠心赤胆，为创建红军和革命根据地、为中国人民的解放事业建立了不可磨灭的功勋。

《英名永存北平城——爱国将领佟麟阁 赵登禹》

1937年7月28日，日军向北平郊区发动进攻。第二十九军副军长佟麟阁奉命在南苑率部与日军苦战，腿部受伤，头部被敌机炸伤，壮烈殉国。第一三二师师长赵登禹指挥部队顽强抵抗日军,右臂中弹负伤,仍继续作战。后在转移途中遭日军截击而牺牲。

《八百壮士　四行仓库铸军魂——谢晋元和他的战友们》

八一三抗战,中国军人以血肉之躯揭开全面抗战的帷幕。这是一场血战,是中国军人不屈不挠的英雄诗篇,其中的八百壮士守四行,成为这首英雄颂歌中最动人、最凄美的音符。一曲四行保卫战,铸就了不屈的军魂。

《八女投江　气贯长虹——八位抗联女战士》

抗日战争时期,以冷云为首的东北抗日联军8名女战士,为捍卫民族尊严,面对凶残的日寇,镇定自若,宁死不屈,投江殉国,表现了中华民族同敌人血战到底的英雄气概。她们的光辉形象,激励着千千万万的后来人。

《艰苦抗战　威震敌胆——著名抗日英雄杨靖宇》

杨靖宇将军是我国著名的抗日民族英雄。曾先后担任磐石游击队政治委员、东北抗日联军第一军军长兼政委、抗日联军总司令等职。领导军民对日寇坚持了长达9个年头的艰苦卓绝的斗争,最终以身殉国。

《死也不当亡国奴——镜泊抗日英雄陈翰章》

陈翰章,从1932年8月投笔从戎,直到1940年12月8日为抗击日本侵略者,战死在镜泊湖畔。他在抗日疆场上奋战了九年,他那可歌可泣的英雄事迹将为人们永世传颂。

《名将殉国　气壮山河——抗日将军张自忠》

著名抗日将领、民族英雄张自忠,生于忧患的时代,抱有"宁为百夫长,胜作一书生"的志向,经历过失败与低谷,最终成就了慷慨人生。本书主要以人物活动为主,勾画出一个真正的"民族魂"鲜活的人生,会带给读者振奋的力量。

《宁死不辱战士名——狼牙山五壮士》

1941年日寇在河北易县"扫荡"。为掩护群众和主力部队撤退,五

位八路军战士毅然把敌人引上了狼牙山棋盘坨峰顶绝路。弹尽粮绝、无路可退，五位英雄纵身跳下了万丈悬崖，用生命和鲜血谱写出一曲惊天地泣鬼神的壮举。

《太行浩气传千古——抗日名将左权》

左权，中国工农红军和八路军高级指挥员，著名军事家。是八路军在抗日战场上牺牲的最高指挥员。名将阵亡，太行山为之垂首，全党为之悲痛。周恩来称他"足以为党之模范"，朱德赞誉他是"中国军事界不可多得的人才"。

《虎将兴关外　抗倭统雄师——抗联英雄赵尚志》

本书描写了久经考验的共产党员、东北抗联的创建者和主要领导人赵尚志，在艰苦卓绝的条件下，坚持抗战，威震敌胆，战功卓著，忍辱负重，忠贞不屈，为国捐躯的英雄故事，为青少年读者呈上一部爱国主义的佳作。

《黄埔之英　民族之雄——抗日名将戴安澜》

抗日名将戴安澜，先后参加保定、漕河、台儿庄、武汉、昆仑关等战役，作战英勇，屡建奇功；入缅作战，"扬威国外，藉伸正义"；守东瓜，复棠吉；殒身缅北，遗恨丛林，马革裹尸，成就了光辉的一生。

《爱国志士　民主先锋——新闻出版家邹韬奋》

本书讲述了邹韬奋献身新闻出版事业的奋斗历程，展现了一位新闻工作者坚定的革命信念和炽热的爱国主义精神，全心全意为人民服务、为读者服务的奉献精神，歌颂了他的高尚情操和优良品质。

《为抗战发出怒吼——人民音乐家冼星海》

人民音乐家冼星海，青年时期在巴黎求学，饱尝屈辱与磨难；学成后毅然回到多灾多难的祖国，用满腔热忱谱写激昂的音乐，鼓舞中华儿女的斗志；奔赴延安，谱写出不朽的名作《黄河大合唱》，发出中华民族抗日救亡的怒吼。

《全民皆兵　抗击日寇——抗日战争的故事》

中国人民进行的十四年抗战，是一百多年来中国人民反对外敌入侵第一次取得完全胜利的民族解放战争。这场战争是以国共两党合作为基础，有社会各界、各族人民、各民主党派、抗日团体、社会各阶层爱国人士和海外侨胞广泛参加的全民族抗战。

《捧着一颗心来　不带半根草去——人民教育家陶行知》

陶行知是我国现代教育史上伟大的人民教育家、教育思想家。他从青年起就立志献身教育事业，以"捧着一颗心来，不带半根草去"的赤子之心，为人民的教育事业鞠躬尽瘁。

《为民主与和平拍案而起——民主斗士闻一多》

闻一多早年与梁实秋等人发起成立清华文学社。赴美留学期间由对祖国的深深眷恋而创作著名的《七子之歌》。后在西南联大任教8年，积极投身于抗日运动和争取民主的斗争，发表了著名的《最后一次讲演》。

《铁窗难锁钢铁心——革命先烈王若飞》

王若飞是我党早期杰出的无产阶级革命家。在艰苦卓绝的斗争中，他出生入死，屡建奇功，以超人的睿智和胆略，在敌人的监狱中，同敌人展开了殊死的较量，为抗战的胜利和新中国的诞生做出了卓越的贡献。

《横扫千军　还我河山——抗联名将李兆麟》

李兆麟是东北抗日联军创建人之一，他率领抗日联军历尽千难万险与日本侵略者浴血奋战，在极其艰苦的条件下，保存了抗日联军的有生力量，为东北光复做出了重大贡献。

《锄头开出新天地——解放区大生产运动》

为了解决困难，渡过难关，党中央号召党政军民齐动手，开展大生产运动。中国共产党在其控制区域内发动的一场军队屯田和鼓励生产的群众运动，达到了自己动手丰衣足食，共度难关，既进行革命又进行生产自足的目的。

《生的伟大　死的光荣——女英雄刘胡兰》

刘胡兰，坚贞不屈的少年女英雄。生前对我国劳动人民的解放事业无限忠诚，在敌人威胁面前，大义凛然，毫无惧色，英勇牺牲，表现了共产党员的高贵品质。

《饿死不领美国救济粮——爱国知识分子的楷模朱自清》

朱自清作为爱国知识分子的典型，以锐利的笔锋直言痛斥反动政府的暴行，体现了他崇高的爱国情怀和不畏恶势力的精神品格。毛泽东曾给朱自清先生以高度评价："一身重病，宁可饿死，不领美国的'救济粮'"，"表现了我们民族的英雄气概"。

《为了新中国前进——舍身炸碉堡的董存瑞》

伟大的英雄，中国人民的儿子董存瑞，从儿童团长成长为一名光荣的解放军战士，在1948年解放隆化县城时，舍身炸碉堡，为新中国献出了自己年轻的生命。他的英雄形象永远留在人民心里。

《宁死不屈的共产党员——革命烈士江竹筠》

江竹筠，就是著名的江姐。1947年春，她负责《挺进报》工作，只几个月的时间，报纸就发行到1600多份，引起了敌人的极大恐慌。由于叛徒出卖，江姐不幸被捕，惨遭毒刑的残酷折磨，仍坚贞不屈。最后被特务秘密枪杀，年仅29岁。

《抗美援朝　保家卫国——志愿军的战斗故事》

抗美援朝战争是中国人民志愿军为援助朝鲜人民、保卫祖国安全，与美国为首的"联合国军"发生的战争。在朝鲜牺牲的志愿军烈士们，他们英勇的战斗事迹、保家卫国的精神值得我们发扬光大。

《上甘岭上壮烈歌——黄继光和他的战友们》

在1952年10月的上甘岭战役中，黄继光和他的战友们在零号阵地半山腰被敌机枪火力点压制，此时，黄继光身上已经多处负伤，手雷也已全部用光。为了完成任务，减少战友的伤亡，他用自己的胸膛堵住正在扫射的敌机枪射孔，为反击部队扫清了前进的道路。

《诗书印画　全入神品——国画大师齐白石》

齐白石出身贫寒，做过农活，当过木匠，后改学雕花木工，从民间画工入手，摹古人真迹，学诗文书法，融汇古今，而诗、书、印、画俱佳；他将中国画的精神与时代的精神统一得完美无瑕，使中国画得到国际的重视，无愧于"国画大师"的称号。

《毕生为文化而奋斗——中国第一出版家张元济》

张元济参与、主持和督导商务印书馆近六十年，使其从简单的印刷企业转变为当时中国教育出版的旗帜。张元济一生爱书，在中华大地动荡不安的年代里，他用自己对文化的热爱，续存着中华民族灿烂悠久的文明之光。

《独树一帜　梨园大师——著名京剧表演艺术家梅兰芳》

梅兰芳，京剧大师，演唱风格独树一帜，世称"梅派"。曾先后赴日本、美国、苏联演出，并荣获美国波摩那学院和南加州大学的荣誉文学博士学位。作为一位爱国者，抗战期间蓄须明志，拒绝为日本人演出，为后世称颂。

《华侨旗帜　民族光辉——爱国侨领陈嘉庚》

陈嘉庚是著名的爱国华侨领袖、企业家、教育家、慈善家、社会活动家。他为辛亥革命、民族教育、抗日战争、解放战争、新中国的建设做出了卓越的贡献。生前被毛泽东誉为"华侨旗帜、民族光辉"。

《向雷锋同志学习——伟大的共产主义战士雷锋》

雷锋，一个平凡而伟大的共产主义战士，一心向着党，一生秉承着全心全意为人民服务、无私奉献的崇高思想；发扬刻苦学习和钻研理论的"钉子"精神；坚持勤俭节约、艰苦奋斗的优良作风。毛泽东为其题词："向雷锋同志学习。"

《人民的好公仆——县委书记的好榜样焦裕禄》

焦裕禄，被誉为县委书记的好榜样。他用自己的革命精神，展开了与大自然、与社会落后现象、与病魔的多重抗争，让我们领略到一

八女投江　气贯长虹

——八位抗联女战士

个共产党人的生之伟大、死之壮美的人格品质和具有现实教育意义的精神魅力。

《文学巨匠　京味大师——人民作家老舍》

老舍是我国现代小说家、文学家、戏剧家。他用融入骨髓的真诚文字反映生活的喜怒哀乐。老舍的一生，总是在忘我地工作，他是文艺界当之无愧的"劳动模范"，生前被北京市人民政府授予"人民艺术家"的称号。

《革命老人——无产阶级教育家徐特立》

徐特立是一代伟人毛泽东的老师。他出生在贫苦家庭，大部分时间生活在动荡艰苦的年代；他刻苦勤奋，不畏艰辛，追求光明，一生勤俭，为革命培养了大量的人才；他对党和人民任劳任怨，鞠躬尽瘁。他坎坷奋斗的一生，留下了许多可歌可泣的故事。

《人生能有几回搏——新中国第一个世界冠军容国团》

容国团先后担任中国乒乓球队运动员、女队主教练。获得1959年男子单打世界冠军；1961年夺得男子团体世界冠军；作为中国女队主教练，1965年率女队第一次夺得女子团体世界冠军。他的"人生能有几回搏"的豪言，举国传诵。

《石油工人一声吼　地球也要抖三抖——铁人王进喜》

王进喜，新中国第一批石油钻探工人。他为祖国石油工业的发展和社会主义建设立下了不朽的功勋，在创造了巨大物质财富的同时，还给我们留下了宝贵的精神财富——铁人精神。他被评为"百年中国十大人物"，写入中华民族的光辉史册。

《做人民需要我做的事——著名地质学家李四光》

李四光是一位伟大的科学家，他一生从事地质学研究工作，足迹遍布祖国的山川，为祖国探明了许多地下宝藏；他创建了崭新的学说——地质力学；他历尽重重困难，为正确认识地质构造开辟了一条新路。

《中国化学工业的先驱——著名化学家侯德榜》

为摆脱纯碱需要进口的窘况，20世纪初，怀着"实业救国"梦想的中国化工先驱侯德榜等人创办了永利碱厂，并立志生产出中国人自己的碱。1926年，永利碱厂终于成功地生产出"红三角"牌纯碱，从此中国制碱业得以跨入世界先进行列。

《毕生求是　一丝不苟——著名科学家竺可桢》

著名科学家竺可桢献身科学研究；治学严谨，一丝不苟；一生廉洁，两袖清风；作风民主，爱护学生。他以爱国之心、报国之志，从一个民主主义者逐渐成长为一个共产主义战士。

《热爱自然的大地之子——著名植物学家蔡希陶》

蔡希陶，五十载风雨，五十载坎坷，五十载奋斗，五十载开拓，为了发现对人类生产、生活有用的植物及新物种的引进而做出巨大贡献，在中国的植物资源学史上将永远镌刻着他的名字。

《高洁无私的襟怀——知识分子的楷模蒋筑英》

蒋筑英是中国当代知识分子的先锋典范，他不为名，不为利，尊重科学；他以坚忍的毅力和顽强的作风，在科学的道路上呕心沥血，鞠躬尽瘁，无私地奉献了青春和生命。

《迎接新生命的天使——卓越的妇产科专家林巧稚》

林巧稚是国内外享有盛誉的妇产科专家。在五十多年的医学教育和临床实践中，林巧稚亲自接生了五万多婴儿，治愈了数千病人，培养了数以百计的专门人才，为我国的妇女儿童事业做出了不可磨灭的贡献。

《独自成千古　悠然寄一丘——国画大师张大千》

张大千是20世纪中国画坛最具传奇色彩的国画大师，无论是绘画、书法、篆刻、诗词无所不通。在艺术界深得敬仰和追捧，艺术家们用真挚的感情，用绘画和雕塑展现了"张大千"多彩的艺术形象。

《建造中国的通天塔——著名数学家华罗庚》

中国当代著名数学家华罗庚,为中国数学的发展做出了无与伦比的贡献,他是中国解析数论、典型群、矩阵几何等多方面研究的创始人与开拓者,也是我国最早将数学理论研究与生产实践紧密结合的科学家。

《问鼎长天　强我国威——两弹元勋邓稼先》

邓稼先是我国著名科学家,参加组织和领导我国核武器的研究、设计工作,从对原子弹、氢弹原理的突破和试验成功及其武器化,到新的核武器的重大原理突破和研制试验,作出了重大贡献。是我国核武器理论研究工作的奠基者之一,被誉为"两弹元勋"。

《敢叫天堑变通途——桥梁专家茅以升》

中国著名的桥梁专家茅以升从小立志为祖国建造桥梁,经过不懈努力,他不仅设计建造了一座座宏伟壮观、坚固实用的道路桥梁,而且搭建了一座座友谊之桥,为祖国建设作出了卓越贡献。

《蘑菇云之梦——核物理学家钱三强》

被誉为"中国原子弹之父"的核物理学家钱三强,更名后立志于科技报国;24岁投师于世界著名核物理学家居里夫妇;与夫人何泽慧合作,发现铀的"三分裂""四分裂"现象;统领我国的原子大军,做了大量创造性工作。

《两离桑梓地　满怀雪域情——领导干部的楷模孔繁森》

孔繁森,是一位一尘不染、两袖清风的好干部。两次进藏工作,历时十载,为西藏的建设、发展和稳定作出了突出的贡献。1994年11月,孔繁森不幸以身殉职。人民群众称他为新时期领导干部的楷模。

《摘取数学皇冠上的明珠——著名数学家陈景润》

陈景润是享誉世界的数学家,为了证明"哥德巴赫猜想",他以惊人的毅力在数学领域里艰苦跋涉,终于攻克了世界著名数学难题"哥德巴赫猜想"中的"1＋2",创造了中国乃至世界数学史上的辉煌。

《学术独步　饮誉四海——享有国际威望的科学家卢嘉锡》

卢嘉锡是一位在国际科学界享有崇高威望的物理化学家、化学教育家和科技组织领导者。1945年，卢嘉锡满怀"科学救国"的热忱回到祖国，对中国原子簇化学的发展起了重要推动作用，他所指导的新技术晶体材料科学研究，也取得了重大成绩。

《德艺双馨　梨园楷模——著名豫剧表演艺术家常香玉》

常香玉1941年赴陕甘演出。1948年在西安创办香玉剧社。1951年为支援抗美援朝，率剧社巡回西北、中南、华南各地演出，以演出收入捐献"香玉剧社号"战斗机一架，素有"爱国艺人"之誉。

《文学大师　激流勇进——著名作家巴金》

本书以巴金生平和主要事迹为线索，回顾和展示现代著名作家巴金的一生，以期让人们看到巴金在这风云变幻的100多年中，有过成功的欢欣，有过屈辱的磨难，有过痛苦的忏悔，有过平静的安宁。巴金的人生，映照着一代中国五四知识分子坎坷而不平凡的命运。

《壮心系科学　孜孜为国昌——理论化学家唐敖庆》

本书讲述了唐敖庆从出国求学、学业有成、回国任教，到服从安排、艰苦工作、刻苦钻研，最终成为中国量子化学奠基者的过程。让人们看到了这位著名化学家的赤心爱国、严谨治学、大公无私的崇高品格和科研上的卓越成就。

《中国导弹之父——著名科学家钱学森》

当第一颗原子弹升空的时候，当中国的人造卫星奏响《东方红》的时候，当中国运载火箭腾空而起的时候，当中国研制的导弹准确命中目标的时候，人们都会想起他的名字：中国导弹之父钱学森。

《中国近代力学的奠基人——著名科学家钱伟长》

钱伟长曾以中文和历史两个100分的成绩考入清华大学。九一八事变后，钱伟长毅然放弃了文科的学习而转为理科。他是中国近代力学、应用数学的奠基人之一，在固体力学、流体力学以及航空航天领域，取

八女投江　气贯长虹

得了卓越的成就，为新中国的现代化建设付出了毕生的精力。

《中国光学科学的奠基人——著名科学家王大珩》

王大珩是我国著名的科学家，中国光学科学的奠基人。他先在清华就读，后赴英国求学，学业有成，立志科学救国，其成就享誉神州。他以科学的求是精神和赤诚的爱国情怀，探索着中国光学发展的闪光之路。